KB059694

세상에서 가장 약한 요괴

세상에서 가장 약한 요괴

김동식 소설집 2

요다

차례

황금 인간

악마가 인간 세상에 놀러 왔다.

황금의 몸을 가진 황금 악마는 선언했다.

[인간들아, 돈 좋아하지? 너희 중에 돈 욕심이 과한 인간들을 몇 명 골라 내가 황금으로 만들어줄게!]

황금 악마는 손에 닿는 모든 것을 황금으로 만드는 괴이함을 보여주었고, 사람들은 악마의 선언을 믿게 되었다.

사람들은 돈 욕심이 과한 인간이라면, 탐욕스러운 재벌들일 거라 생각했다.

한데 막상 결과는, 사람들의 생각과 달랐다.

의외로 황금으로 변한 인간들 대부분이 가난한 사람들이었던 것이다.

그들 대다수는 한 가정을 책임지고 있는 가장들이었다. 그가 벌지 않으면, 가족 모두가 굶어 죽을지도 모르는.

사람들은 그들을 안타까워했다. 그들 가족들은 하루아침에 가장을 잃은 것에 오열했다.

한데, 황금이 된 그들이 죽어버린 건 아니었다.

그들은 황금이었지만, 살아 있었다.

황금으로 만들어진 동상과도 같았던 그 황금 인간들은, 아무도 그들을 보고 있지 않을 때 움직일 수 있었다.
황금 인간을 방 안에 두고 모든 가족들이 방을 나갔다 돌아오면, 황금 인간들의 위치와 자세가 달라져 있었던 것이다. 어떤 황금 인간들은, 펜으로 종이에 글을 남기기도 했다.

그래서 사람들은 황금 인간들이 살아 있음을 받아들이게 되었다.

황금 인간과 가족들은 종이에 남긴 글을 통해 서로 소통했다.

아무도 없이 카메라로 촬영하는 행위조차도 보는 것으로 취급되어 움직일 수 없었기에, 가장 원시적인 필담을 나눌 수밖에 없었던 것이다.

그것만으로도 가족들은 감사했다. 황금으로 변해버린 아버지, 어머니가 살아 있다는 느낌은 받을 수 있었던 것이다.

하지만, 그들 가족에겐 큰 문제가 있었다.

바로, 가난이었다.

말했다시피, 황금으로 변한 인간들은 돈 욕심을 과하게 부릴 수밖에 없었던, 돈이 꼭 필요했던 한 가정의 가장들이었다. 가족들을 혼자서 온전히 책임져야 하는 가장.

그들의 가족들은 병들었거나, 장애가 있거나, 너무 어리거나, 너무 늙어, 일을 할 능력들이 없었다.

그래서 돈을 벌어야 할 가장이 하루아침에 황금 인간이 되어버린 순간, 그들의 가정은 가난으로 무너지기 시작했던 것이다.

하지만 곧 그들은 해결법을 찾아내었다. 아닌 말로, 황금이 바로 옆에 있지 않은가?

황금 인간들은 사랑하는 가족들에게 메시지를 남겼다.

[내 머리카락을 잘라내어 팔아라!]

가족들은 가장의 메시지를 따랐다.

많은 황금 인간들의 머리카락이 짧아지기 시작했다. 황금 인간들의 신체에 있는 모든 털도 점점 사라져갔다. 곧, 손톱과 발톱 또한 극도로 짧아졌다.

하지만 시간이 더 흐르자, 그들 가정은 또다시 가난으로 무너져갔다.

그다음에 일어날 일들은 어쩌면, 자연스러운 수순에 따른 것이었다. 황금 인간들은 또다시 가족들에게 메시지를 남겼다.

[내 살들을 썰어내어 팔아라!]

이젠 인간으로 돌아갔을 때, 되돌릴 수 없는 부분에도 손대기 시작한 것이다.

처음에는 귓불. 이어 허벅지, 종아리, 엉덩이, 팔뚝… 황금 인간들은 점점 야위어갔다.

그들은 그렇게라도 가족들을 건사하고 싶었다. 그들은 황금 인간이 되어서도 가장이었으니까.

한데, 일부 황금 인간의 가족들이 조금씩 변해가기 시작했다. 황금 인간들은 그냥 인간이었을 때보다 더 쉽게, 더 큰돈을 벌어다 주었던 것이다.

처음 그들은, 황금 인간들을 생각해서 모든 것을 아껴서 검소하게 생활했다. 하지만 그들은, 시간이 흐를수록 점점 변해갔다.

이 정도는 사도 괜찮지 않을까? 이 정도는 누려도 괜찮지 않을까? 우리도 비싼 음식들 좀 먹어봐도 되지 않나? 컴퓨터가 갖고 싶은데. 최신 핸드폰이 갖고 싶은데. 자동차가 갖고 싶은데. 좋은 집에서 살아보고 싶은데.

그들은 황금 인간의 몸에서 나오는 황금들이 마치 거저 나오는 것처럼 느껴졌다. 너무나 쉽게 벌리는 돈은, 그들을 사치하게끔 만들었다.

그런 가족들의 부탁을, 황금 인간 가장들은 한 번도 거절하지 않았다.

시간이 흐를수록 점점, 황금 인간들의 몸들이 형편없어졌다. 한쪽 팔목 아래가 사라졌다. 한쪽 발목 아래가 사라졌다. 한쪽 팔꿈치 아래가 사라졌다. 한쪽 종아리 아래가 사라졌다.

그래도 황금 인간들은 아무 말도 하지 않았다. 그들은 가장이었으니까.

가족들은, 황금 인간들의 허락하에 스스로를 정당화했다.

어차피 아버지에게는 팔 같은 게 필요 없잖아? 한쪽 팔만 있어도 괜찮을 거야.

아버지가 다리를 쓸 일이 있을까? 한쪽 발만 있어도 괜찮을 거야.

굳이 두 다리가 다 있어야 할까? 누워만 있어도 괜찮을 거야.

아버지와 필담을 자주 나눌 필요는 없을 것 같아. 양팔이 없어도 괜찮을 거야.

아버지의 상반신만 남아도, 우리는 아버지를 모시고 영원히 함께할 수 있을 거야.

오히려 가족들에겐 더 잘된 일인지도 몰랐다. 황금 아버지, 황금 어머니는 영원히 죽지 않을 테니.

결국 가난을 완전히 벗어난 가족들은, 황금 인간의 남은 몸을 마치 트로피처럼 집 안에 소중히 전시해두었다.

멋대로의 생각이었지만, 이대로도 나쁘지 않다고 생각했다. 죽을 때까지 황금 아버지, 황금 어머니를 이렇게 모시고 행복하게 살면 되니까. 이젠 가난을 벗어나 행복하게 살 수 있었으니까.

이제는 필담을 나누기가 어려워 잘 모르겠지만, 황금 아버지, 황금 어머니도 만족스러워하리라 멋대로 생각했다.

황금 악마가 다시 나타나기 전까지 말이다.

[오랜만이네! 어디, 황금 인간들이 어떻게 지내고 있는지 좀 볼까? 이잉? 뭐야? 다리가 없고~ 팔이 없고~ 얘는 몸통도 없네? 와!]

이어진 황금 악마의 충격적인 말에, 황금 인간의 가족들은 모두 할 말을 잃고 말았다.

[너희 안 아파? 와! 정말 아플 텐데! 어떻게 참고 있는 거야?]

"……"

가족들은 상상도 못 했다. 황금 상태의 어머니가, 아버지가, 고통을 느끼고 있었을 줄은.
트로피처럼 소중히 모셔두었던 어머니, 아버지가 여태껏 고통 속에 살고 있었을 줄은.

가족들은 하염없이 눈물을 흘렸다. 황금 아버지, 황금 어머니를 끌어안고 미친 듯이 울었다.
한데 진짜 비극은 그다음에 일어났다.

[불쌍해서 안 되겠네! 모두, 다시 인간으로 되돌려줄게!]

"…"

곳곳에서, 끔찍한 광경들이 펼쳐졌다. 정말 많은 비극들이 펼쳐졌다.

하지만 그래도 그날, 많은 이들이 비슷한 유언을 남겼다.

"나는 괜찮다."

부양할 가족들을 위해서 돈 욕심을 부려야 했던, 그래서 황금인간이 되어야 했던 가장들은, 하나같이 비슷했다. 참 어쩜, 하나같이들 비슷했다.

세상에서 가장 약한 요괴

세상에서 가장 약한 요괴가 나타났다.

그 요괴가 세상에서 가장 약하단 사실은 의외로, 본인의 입을 통해 밝혀졌다.

[인간들아, 잠깐! 놀라지 마! 공격하지 마! 난 정말 약해! 절대 때리지 마! 난 정말 약해! 맘먹고 때리면 금방 죽는다고! 때리지 마! 생긴 것만 무섭지, 난 움직이지도 못해! 팔다리, 몸통도 없잖아? 어린아이도 날 죽일 수 있다고! 공격하지 마! 때리지 마! 난 정말 약해!]

어느 날, 어느 등산로 옆 공터에 홀연히 나타난 그 요괴의 겉모습만은, 사람들의 비명을 자아내기에 충분했다.

멀리서 보면 눈처럼 새하얀 피라미드처럼도 보였다. 단지, 그

것이 숨을 쉬듯 꿈틀거린다는 것과 한쪽 벽면을 채우고 있는 커다란 눈코입이 무서웠을 뿐.

요괴는 덩치가 3미터는 되어 보였는데, 중앙에 양 꼬리가 불쌍하게 처진 외눈 하나를 가지고 있었다. 눈 위로는 눈썹 대신 달린 거대한 코가 세 개의 콧구멍을 벌름거리고 있었다.

눈 아래로 피라미드 하단부를 거의 다 차지하고 있는 거대한 입은 정말 압권이었다. 말을 하려고 입을 벌릴 때마다 보이는 이빨들은 제멋대로의 각도로 튀어나와 있어 흉포해 보였고, 혓바닥은 어찌나 긴지, 입안에서 한 바퀴 감은 채로 오돌토돌 솟아오른 검은 돌기들을 꿈틀대고 있었다.

요괴를 본 사람들은 비명을 지르고 난리를 피웠지만, 본인의 말대로 움직이지도 못하는 그 요괴는 끊임없이 사람들에게 소리쳤다.

[인간들아, 놀라지 마! 난 정말 약해! 대화를 하자고! 그렇게 무서워하다가 괜히 나를 죽이지 말고! 난 정말 너무 약하다니까! 내가 지금 더 무섭단 말이야! 인간들아, 놀라지 마! 난 정말 약해!]

처음 사람들이 신고했을 때, 가장 먼저 달려온 경찰이 멀찍이서 총을 겨누었는데,

[자, 잠깐! 그거 총이지? 쏘지 마! 그거 한 방이면 난 죽는다고! 쏘

지 마, 제발! 살려줘! 쏘지 마! 난 정말 세상에서 제일 약하다고! 제발 살려줘! 쏘지 마!]

요괴는 안 그래도 새하얀 얼굴이 창백하게 질려 더 새하얗게 보일 정도로, 공포에 벌벌 떨었다.

끊임없이 자기가 약하단 걸 호소하는 요괴의 모습은, 인간들을 조금 침착하게 만들어주었다.

[인간들아! 난 너무 약해서 요괴 세계에서 추방당했어! 나도 모르게 여기 떨어졌는데, 난 죽고 싶지 않아! 난 정말 약하다고! 그러니까 제발 공격하지 마! 때리지 마! 난 너희 인간들한텐 상대도 안 돼! 정말 약해서 금방 죽는다고!]

요괴의 말이 끝나고 그 말이 증명되는 사건이 벌어졌다. 멀찍이서 구경하던 사람들 중에 한 아이가 돌멩이를 던졌는데,

퍽!

[아악! 아파! 아아악! 너무 아파! 돌을 던지면 어떡해! 아아아, 나 죽을 것 같아! 너무 아퍼! 제발 때리지 마!]

돌멩이를 맞은 부위가 금세 벌겋게 부어오르는 것은 물론이

고, 얼마나 고통스러웠던지 요괴가 외눈으로 눈물을 찔끔 흘리는 것이 아닌가?

그쯤 되니 사람들은 모두 침착함을 찾을 수 있었다.

한참을 아파하던 요괴는 진정하고서, 인간들에게 호소했다.

[난 정말 약해! 마음만 먹으면 아이라도 날 죽일 수 있다고! 제발 때리지 마! 나를 살려줘! 우리, 공존하자! 난 요능도 하나 가지고 있어! 너희 인간들에게 도움이 될 수 있어! 그러니까 제발 날 죽이지 마! 인간들아, 나와 공존하자!]

움직일 수 없는 요괴는 끊임없이 말로 사람들을 설득했다.

그러는 사이, 무장한 군대가 동원되어 요괴의 주변을 에워쌌고, 급한 대로 지역 시장이 인간의 대표로 나서서 요괴와 대화를 시도했다.

또한, 서둘러 달려온 방송국에 의해서 그 대화는 전국으로 생중계되었다.

[으으… 제발 총 같은 거 쏘지 마… 난 한 방이면 죽는다고… 으으…]

"너, 너는 도대체 무엇이냐?"

[난 요괴야! 요괴 세계에서 추방당한 요괴! 난 너무 약해서 추방당

한 거야! 너희 인간들한텐 나 같은 건 상대도 안 돼! 그러니까 제발 때리지 마! 난 진짜 금방 죽어버린다고!]

"그럼 뭐 때문에 여기에 온 거냐?"

[내가 여기에 온 게 아니라 여기로 추방당한 거라니까! 난 이제 영원히 여기서 살아야 해! 그러니까 제발 날 공격하지 마! 나를 살려줘! 인간들아, 제발 우리 공존하자!]

"공존?"

[그래, 공존! 너희 인간들이 나를 살려준다면, 나도 내 요능으로 너희 인간들을 도울 수 있어!]

"요능?"

[그래, 요능! 난 너희 인간에게 젊음을 되돌려줄 수 있어! 80세 노인을 20대 청년으로 되돌려줄 수 있단 말이야!]

"뭐라고? 그게 정말이냐? 믿을 수 없다!"

[날 봐! 그럼 내 모습은 믿어져? 정말이라고! 내가 왜 거짓말을 하겠어?]

"그, 그럼 나를 젊게 만들어봐! 가능한 것이냐?"

[얼마든지! 근데 그 방법이… 잠깐만, 절대 오해하면 안 돼!]

"뭐가 말이냐?"

[내 말 듣고 절대 오해하지 말고, 공격하지 마! 내가 만약 요능을 발휘해서 너를 젊게 되돌리려면, 내가 너를 잡아먹어야 해!]

"뭐, 뭐라고?"

화들짝 놀란 시장이 뒤로 한 발짝 물러나자, 요괴가 다급히 말을 이었다.

[아냐 아냐 아냐! 그러지 마! 놀라지 마! 진짜 내 요능의 조건이 그런 거야! 오해하면 안 돼! 오해하지 마! 진짜로 진짜야!]

"어디서 개수작을!"

[아냐! 나처럼 약한 요괴가 무슨 거짓말을 하겠어? 진짜로 진짜야! 오해하지 마! 아니, 오해하든 말든 상관없는데 제발 때리지 마! 공격하지 마! 난 정말 죽기 싫어! 난 정말 약해!]

"끄응…"

시장은 일단 물러났다. 그리고 방송을 탄 요괴는 하루 만에 세계 최고의 명물이 되었다.

인터넷을 통해 소식이 전 세계로 퍼지는 것은 순식간이었고, 곧 요괴를 직접 보기 위해 각지에서 사람들이 몰려들었다.

그리고 사람들은 만나기만 하면 그 괴물에 대해 이야기했다.

"요괴의 말이 정말일 것 같은데? 저렇게 약한 요괴가 거짓말을 왜 해?"

"일부러 약한 척하는 것일 수 있어!"

"약한 척해서 얻을 게 뭐가 있다고? 한 명 잡아먹고 도망이라도 가려고? 무장 군인들이 에워싸고, 저렇게 사람들이 많이 몰려든 곳에서?"

"어쩌면 일부러 사람들을 모은 다음에 한 번에 몽땅 잡아먹을 속셈일지도?"

세계적으로 많은 이야기가 오가는 가운데 한가지 확실한 건, 요괴의 요능이라는 게 너무나 매력적이라는 점이었다.

국가는 저 요괴를 어떻게 해야 하나 고민했지만, 사람들은 요괴의 요능이 사실일까 궁금해했다.

그리고 그때, 한 명의 지원자가 등장했다.

"내가 한번 먹혀보겠다!"

그는 60대의 노숙자 김 씨였다. 그는 가족도, 가진 것도 없는, 노숙 생활을 하면서 버릴 대로 버린 몸뚱이 하나가 전부인 자였다.

"만약 내가 다시 젊어질 수만 있다면, 내 인생을 다시 한 번 살아보고 싶다! 내가 한번 먹혀보겠다!"

공권력은 말리지 않았다. 어쩌면 자살 방조가 될 수도 있었겠지만, 전 세계적 호기심의 힘이 그보다 훨씬 컸기 때문이다.

"자! 나를 젊게 만들어봐라!"

요괴의 앞에 선 노숙자 김 씨는 벌벌 떨며 눈을 질끈 감아버렸다.

[알았어! 근데 인간들아, 절대 놀라지 마! 절대 총 쏘면 안 돼! 난 한 방에 죽는다고! 절대 공격하지 마! 절대로!]

단단히 말해놓은 요괴는, 그 큰 입을 더 크게 벌렸다. 곧, 감겨 있던 기다란 혓바닥이 쭉 늘어나 노숙자 김 씨를 확 휘감았다.

"으아악!"

그러고는 곧장 입안으로 쏙,

우직! 오도독! 오독! 쩝쩝! 오도독! 쩝쩝! 오도도독!

"꺄아아악!"

구경하던 사람들은 비명을 질렀다. 무장 군인들은 본인도 모르게 총구를 겨눴다.

요괴가 입안에서 김 씨를 아주 꼭꼭 씹어 먹었던 것이다.

[꺼억!]

요괴는 잘 먹었다는 듯이 만족스러운 트림을 했다.

사람들은 망연자실했고, 군인들은 총을 쏴야 하나 심각하게 고민했다.

[자, 잠깐! 잠깐만! 기다려! 잠깐!]

요괴가 인상을 쓰며 힘을 주기 시작했다. 그러자 요괴의 뒤쪽, 그냥 벽으로 이루어져 있을 거라 여겼던 그곳에,

요괴의 항문이 드러났다.

놀랍게도 요괴는 곧, 항문으로 인간을 배출했다.

"쿨럭! 쿨럭! 하악 하악 하아… 뭐, 뭐야?"

항문으로 나온 이는 바로 노숙자 김 씨였다. 20대의 젊은 모습을 하고 있는.
본인의 몸을 살피던 노숙자 김 씨는 놀란 얼굴로 소리쳤다.

"저, 정말이다! 정말로 젊어졌어! 정말이었어! 정말로 20대 때의 내 몸이야!"

마치 본인의 새 몸을 테스트라도 하듯이 마구 뛰어다니는 김 씨의 모습은, 사람들의 눈빛을 흔들리게 했다.

[그것 봐! 내가 진짜라고 했잖아! 내 요능은 원래 이렇게 부리는 거야!]

10분이 넘도록 아무런 이상 없이 뛰어다니는 김 씨를 본 누군가가, 슬금슬금 앞으로 나섰다.

"나, 나도 해줄 수 있는가?"

[얼마든지! 난 얼마든지 가능해! 그러니까 인간들아, 나를 공격하지

마! 나를 때리지 마! 나와 공존하자고! 인간들아, 나와 공존하자!]

그때부터였다.

세상에서 가장 약한 요괴는 인간과의 공존에 성공했다. 요괴의 앞에 인간들이 끝없이 줄을 섰다.

처음 국가는 요괴를 소유하고 관리하려 했다. 하지만 전 세계적 반발에 부딪쳤고, 결국 요괴의 요능은 누구나 이용할 수 있게 되었다.

사실 그것만으로도 국가는 많은 이득을 얻었다. 요괴는 정착한 산에서 움직일 수가 없었고, 전 세계에서 모여드는 관광 수입만으로도 국가 경제가 엄청나게 살아났다.

산 주변의 땅값이 얼마나 올랐는지, 감히 전 세계 부동산 역사를 통틀어도 전례가 없을 지경이었다.

요괴 이용에 조건은 단 하나, 선착순으로 줄을 서는 것이었다. 그 대신, 한 사람당 평생 한 번만 줄을 설 수 있었다.

평생 한 번의 젊어질 기회를 버리는 대신, 자기 차례를 팔아서 어마어마한 고액을 챙기는 이들도 있었다.

직접 와서 신청해야 함에도 불구하고 수천만 단위가 넘어간 대기 번호는, 점점 체계적으로 경제 상품화가 되어갔다.

온 가족이 찾아와 갓난아기까지 대기 줄에 등록하는 일종의 재테크가 벌어지기도 했고, 차례를 사고파는 걸 연결해주는 기업마저 생겨났다.

요괴 하나가 전 세계에 끼친 영향력은 그야말로 어마어마했다. 요괴의 말대로, 요괴 하나와 인류 전체의 공존이 명백하게 이루어진 것이다.

그런데 요괴가 만 명쯤의 사람들을 젊은 시절로 되돌려놨을 때 사고가 하나 발생하고 말았다.

[아, 아뿔싸!]

"뭐, 뭐야? 왜 뱉어내질 않는 거야?"

[이, 인간들아! 실수야! 요능이 실패했어!]

"뭐? 그게 무슨 소리야?"

[미안해! 요능이 실패했어! 방금 삼킨 인간이… 죽어버렸어! 미안해! 때리지 마! 제발 공격하지 마!]

"뭐야?"

사람들은 깜짝 놀랐다. 실패가 있을 줄이야? 만 명이나 성공했는데 이제 와서?

끊임없이 이어지던 요괴의 요능을 처음으로 멈춰 세웠다. 혹시, 이제야 요괴가 본색을 드러내는 게 아닌가 의심하는 사람까지 있었다.

"실패라니? 어떻게 된 것이냐?"

[미안해! 나도 어쩔 수 없는 부분이야! 내가 일부러 그러는 게 절대 아니야! 믿어줘! 제발 때리지 마! 공격하지 마!]

"일부러 그런 게 아니라고? 그럼 앞으로도 또 실패할 수 있단 이야기냐?"

[그, 그럴지도…근데 정말 내가 어쩔 수 없는 부분이야! 미안해! 제발 죽이지 마! 응? 제발 살려줘!]

"끄응… 실패 확률은 얼마나 되는 거냐? 그동안 만 명이나 잘 해놓고 왜 갑자기?"

[확률은 잘 몰라! 아마 만 명에 한 명 정도로, 또 실패할 수 있지 않을까? 미안해!]

"만 명에 한 명…"

어쨌든 간에 만 명에 한 명이라도 사망자가 나올 수밖에 없다면, 인류는 요괴 이용을 그만둬야 하는 것이 맞았다.

하지만 요괴는 이미 경제의 거대한 중심축이 되어 있었다. 요괴를 중심으로 돌아가는 일들이 너무나 많았다.

차례를 기다린 사람들도 많았고, 비싼 돈 주고 차례를 산 사람들도 많았고, 재테크로 차례를 챙겨둔 사람들도 너무나 많았다.

요괴 관련 산업으로 돌아가는 기업들은 어쩔 것이고, 국가의 엄청난 요괴 관련 수입은 어쩔 것인가?

요괴의 요능을 멈추게 할 수는 없었다. 사망자가 나왔지만, 인류는 애써 그 점을 무시했다.

단, 사망자의 가족만 제외하고 말이다.

"이 요괴 놈아! 우리 아버지를 살려내!"

[으아아아! 살려줘! 미안해! 으아아아! 죽기 싫어! 제발!]

칼을 들고 설치는 인간에게서 요괴를 지켜준 건, 다름 아닌 같은 인간들이었다.

"막아! 잡아! 저놈을 막아!"

"아아악! 놔! 이 요괴 놈아!"

"칼 뺏어! 막아! 막으라고!"

아버지를 잃은 아들은, 끝내는 수갑까지 채워진 채로 끌려나가야 했다.

사람들은 식은땀을 닦았다. 세계에서 가장 약한 요괴가 칼에 맞아 죽어버리기라도 했다면…

이후 세상에서 가장 약한 요괴에게는, 그 어떤 귀빈보다 더 삼엄한 경호가 붙었다. 요괴에게 줄을 설 때에는 보안 검색대를 통과해야 했고, 거기에는 어떤 금속류도 통과될 수 없었다.

천사가 내려왔어도 이보다 더 귀한 대접을 받았을까? 극진한 대접 속에 요괴는 다시 활발하게 요능을 부렸다.

[으아아! 실패! 실패야! 미안해! 또 실패했어! 정말 미안해!]

이번에는 5천 명째 정도에서 요능 실패로 인한 사망자가 발생했다.

사람들은 또다시 당황했지만, 국가가 발 빠르게 사망자의 가족들을 찾아가 보상해줌으로써 그들이 목소리를 내고 복수하는 걸 막았다.

[미안해! 정말 미안해!]

"만 명에 한 명꼴이라고 하지 않았나? 이게 어떻게 된 건가?"

[미안해! 사실은, 이렇게 쉬지 않고 요능을 발휘해본 적이 없어서 그래! 정말 미안해! 죽이지 마! 때리지 마!]

"끄응…"

5천 명에 한 명이 사망하게 되었지만, 요능 부리는 걸 멈추게 할 순 없었다. 오히려 저번보다 더 빨리 재개되었다.

[으아악! 또 실패! 어쩌지? 어쩌지? 인간들아, 미안해! 살려줘! 제발! 내가 잘못했어! 미안해!]

"…"

이번에는 3천 명째 정도에 사망자가 발생했다.

국가에선 일단 이 문제를 고민해보기로 했다. 요괴와의 공존을 멈춰야 하는 걸까?

하지만 국가의 고민보다 더 힘이 센 건, 인간의 목소리였다.

"빨리 요괴 이용을 재개하라! 언제까지 멈춰 있을 것인가?"

"멈추긴 뭘 멈춰! 내가 이 차례권을 얼마를 주고 산 줄 알아? 이거 너희들이 보상해줄 거야? 어!"

"이제야 겨우 순서가 가까워지기 시작했다고! 죽는 게 무서워서 겁먹은 놈들은 알아서 빠지라고 그래! 감수할 사람들만 차례대로 이용하면 되는 거 아니야?"

"사망자가 나오면 국가가 알아서 숨겨야지! 사망자 소식들 때문에 차례권의 가격이 얼마나 떨어진 줄 알아?"

"만약 요괴 이용이 멈춰질 시, 국가가 받게 될 경제적 타격을 수치화하자면…"

⋮

이제 수백 명에 한 명꼴로 사망자가 나와도, 요괴 이용은 멈춰지지 않았다.

세상에서 가장 약한 요괴는, 이제 세상에서 가장 안전했다.

요괴의 주변으로 핵 방공호급의 안전을 자랑하는 건물이 지어졌고, 요괴의 몸은 무엇도 뚫을 수 없는 방탄 설비로 보호되었다. 그뿐만 아니라 항상 최고의 경호팀들이 물 샐 틈 없이 철저하게 요괴의 안전을 지켰다.

이제 요괴의 요능을 이용하려는 자들은 이중 삼중으로 검사를 받은 뒤, 다 벗은 채로 순서를 기다려야 했다. 그러면 관리자가 순서대로 그들의 눈을 가리고, 포박해 요괴 앞에 진상했다.

세상에서 가장 약한 요괴는, 세상 그 누구보다도 안전했다.

수백 명의 인간을 삼켜 먹었지만, 세상에서 가장 안전했다. 앞으로도 수없이 많은 인간을 삼켜 먹겠지만, 세상에서 가장 안전했다.

세상에서 가장 약한 요괴는, 세상에서 가장 강한 요괴였다.

스마일맨

"응애앵!"

아이 엄마가 괴로운 얼굴로, 갓난아기의 연약한 살을 꼬집어 울리고 있었다. 그녀는 곧, TV 앞의 남편에게 신경질적으로 물었다.

"아직 멀었어?"
"아이씨, 아직이야! 이건 왜 점점 늦어지는 거야?"

집 안을 울리는 아이의 울음소리에 부부는 마음이 불편했다. 초조해진 남편은 뚫어져라, TV 속 스마일맨을 쳐다보았다.

TV 화면 속 스튜디오에는 스마일맨, 김남우가 의자에 앉아 카메라를 정면으로 바라보고 있었다. 김남우의 경직된 표정은, 입 주변에 잔 경련을 일으키며 그가 얼마나 긴장하고 있는지를 보여주었다.

곧, 스태프의 사인을 받고 무겁게 고개를 끄덕거리는 김남우. 흔들리는 동공으로 침을 한 번 꿀꺽 삼킨 뒤,

[흐하… 하… 흐하하하하하하!]

온힘을 다해서 웃었다. 한 번의 큰 웃음 뒤, 눈을 질끈 감고 부들부들 떠는 김남우.

3초 뒤, 눈을 번쩍 뜨며 얼굴 가득 환희에 차 카메라를 향해 소리쳤다.

[국민 여러분! 이제 웃어도 됩니다! 하하하하하!]

발표를 확인한 남편이 얼른 아내에게 말하자,

"여보! 스마일맨이 웃었어! 됐어!"

아이를 꼬집던 손을 놓으며, 아이를 안고 달래는 여인.

"미안해! 엄마가 미안해~ 많이 아팠지? 아이고 빨개진 것 좀 봐!"

남편도 그제야 아이 옆으로 와 긴장한 근육을 풀며, 웃었다.

"휴, 심장 떨려 죽겠네! 보는 나도 이렇게 떨리는데, 저 스마일맨은 진짜 대단해!"

"그러게. 벌써 세 달째지? 이번 스마일맨은 오래 살았으면 좋겠어~"

"그러니까! 제발 저 스마일맨이 오래오래 살았으면!"

TV 화면 속, 김남우가 스태프들의 격려와 박수 속에서 환한 미소를 짓고 있었다.

⋮

1년 전, 웃는 악마가 나타나 말했다.

[하하하! 웃는 거 좋아하지, 인간들아? 웃음이라는 건 정말로 대단해! 하하하! 한데, 너희 인간들이 공짜로 웃는 게 마음에 들지 않아!]

황당했다. 웃음에 값이 어디 있다고. 그러나 악마의 기준으로 웃음의 값은 곧, 목숨이었다.

[한 달에 100명씩! 매달 첫째 날 아침 8시, 가장 먼저 웃는 100명의 목숨을 가져갈 거야! 하하하!]

이 황당한 이야기에 사람들은 어이가 없었다. 한데, 그다음 달의 첫째 날 아침이 밝았을 때, 사람들은 그 말이 농담이 아님을 알게 되었다.

아침 8시가 넘어가자마자, 전국에서 불특정한 100명의 사망자가 발생했다.

그들의 사망 원인은 불분명했지만, 겉보기에 한 가지 공통점이 있었다. 100명 모두, 환하게 웃는 얼굴이었다는 것.

그때부터 매달 첫째 날 아침 8시가 되면 전국에서 100명의 사망자가 발생했다.

그야말로 마른하늘에 날벼락이었다. 한 번 웃었다고 죽는다니?

그때부터 사람들은 매달 첫째 날 아침이 되면 바짝 긴장을 했다. 절대, 아무도 웃지 않았다.

갓난아기들은 계속해서 꼬집힘을 당해야 했고, 어린아이들은 이유도 없이 매를 맞아야 했다.

수면제를 먹고 잠에 빠지는 이들도 있었고, 스스로를 학대하거나, 슬픈 음악을 듣는 등 사람들은 각자만의 방법으로 웃음을 참았다.

그러나 문제가 있었다.

도대체, 언제까지 웃음을 참아야 하는가?

답은, 전국에서 100명이 모두 죽을 때까지였다. 한데, 그것을 알 수 있는 방법이 없었다.

그래서 사람들은 100명이 모두 죽었단 사실을 알게 될 때까지 아무것도 못 했다. 그것은 국가적으로 너무나 큰 손실이었다.

그래서 스마일맨이 탄생했다.

그들은 한 달에 딱 하루를 일하고도, 천만 원의 월급을 받았다. 그들이 하는 일은 딱 하나였다.

웃기.

스마일맨은 매달 첫째 날 아침 8시가 되면, 스튜디오에서 아무것도 안 하고 있다가 한 번 웃는다. 그게 다였다.

그러나 아무 말도, 아무 소리도 없는 그 프로의 시청률은 역대 최강이었다.

사람들은 스마일맨의 웃음을 확인한 뒤부터, 정상적인 생활을 할 수 있었다.

그래서 사람들은 당연히 스마일맨에게 호감을 느꼈고, 스마일맨은 큰 인기를 누리게 되었다. 한데, 그 기간은 그리 길지 않았다.

얼마 못 가 스마일맨이 죽기 때문이었다. 벌써 김남우가 네 번째 스마일맨이었다.

물론, 스마일맨들이 웃는 타이밍을 정하는 시스템은 있었다.

전국에서 웃음 사망자의 소식을 방송국으로 최대한 빠르게 모은 뒤, 사망자가 100명이 넘어가면 그때 웃는 것이다. 그러나 소식이 항상 정확한 건 아니었다.

그래서 스마일맨은 항상 목숨을 걸고, 웃었다.

네 번째 스마일맨 김남우는, 유일하게 세 달을 버틴 스마일맨이었다.

⋮

"형! 멋졌어!"

"수고했다, 남우야!"

예비 스마일맨 공치열과 최무정이 김남우를 웃으며 맞이했다.

김남우는 웃으며 농을 던졌다.

"내 덕에 웃는 거야. 웃음값 내놔."

"에이, 돈은 형이 제일 많이 벌면서!"

"이 자식이? 네가 누구 덕분에 돈 버는지 몰라? 내가 죽었어 봐, 인마! 너 카메라 앞에서 오줌 지렸을걸?"

"헤헤헤. 맞네. 오래오래 살아, 형!"

스마일맨은 3인 체제로 운영이 되었다. 스마일맨, 예비 1번 그리고 2번. 둘은 스마일맨이 죽으면 다음 스마일맨이 되어 웃어야 했다. 예비 스마일맨의 월급은 500만 원이었지만, 앞의 스마일맨이 죽지 않는 이상 김남우의 말대로 그 덕분에 돈 버는 직업임에는 틀림없었다.

아옹다옹하는 둘을 보며 최무정도 끼어들었다.

"나는 상관없는데? 어차피 남우가 죽으면 다음은 치열이가 할 테니까. 하하."

"와, 악마다! 진짜 악마가 여기 있었네!"

농을 던지던 김남우가 진지하게 말했다.

"스마일맨이 웃어야 한 달이 시작된다! 우린, 자부심을 가져도 좋아."

끄덕이는 둘. 김남우가 비장하게 말을 이었다.

"선임 스마일맨들과는 달리, 내가 이렇게 오래 살아남는 걸 보면 이제 이 시스템이 제법 안정화됐나 봐. 초반이야 아직 시스템이 불안정해서 선임들이 죽었다지만… 이젠 그런 일은 없을 거야! 모든 정보는 정확히 들어오고 있고, 벌써 세 달을 버텼으니까! 난 아마, 안 죽을 거야! 그럼! 절대로 안 죽어!"

스스로에게 다짐하듯 눈을 굳건히 빛내는 김남우. 둘도 진지하게 고개를 끄덕거렸다. 김남우의 죽음은 김남우뿐만이 아니라, 둘에게도 큰 영향을 미쳤으니까 말이다.

⋮

"응애~"
"여보! 아직도 멀었어?"
"아 씨! 사람들이 잘 안 죽나 봐!"

아침 11시. 벌써 세 시간째 스마일맨 김남우가 웃고 있지 않았다.

TV를 보는 전국의 사람들이 스마일맨을 보며 인상을 찌푸렸다.

⋮

스튜디오. 이미 세 시간 동안 긴장감을 유지하고 있던 김남우는 미칠 것 같았다. 곧 옆의 스태프를 향해 조용히 물었다.

"몇 명입니까?"
"아직 98명이요!"

악마의 저주가 시작된 첫 달에는, 1분도 안 되어 100명의 웃음 사망자가 나왔었다. 다음 달에는 좀 더 걸려 10분. 그다음에는 한 시간이 넘더니, 두 시간, 이제는 세 시간이 넘도록 웃음 사망자 100명이 채워지지 않았다.

시간이 지날수록 전국의 모든 사람들이, 필사적으로 웃음을 참고 있는 것이다.

정말 악마적인 저주였다. 전국의 사람들이, 실수로라도 누군가 웃어서 얼른 죽어주기를 바라고 있는 이 상황 자체가 너무나 악마적이었다.
세 시간 동안 긴장을 유지하고 있는 김남우만큼, 똑같이 세 시간 동안 긴장을 유지하며 일상생활을 못 하고 있는 사람들도 괴로웠다.

김남우가 심각한 얼굴로 땀을 닦아낼 때, 스태프의 신호가 왔다.

"100명! 됐어요!"

고개를 끄덕이는 김남우, 심호흡을 크게 한 번 했다. 곧, 카메라를 정면으로 바라보며 입을 벌리고,

"하…"

웃으려다 멈칫! 김남우는 찜찜한 얼굴로 미간을 좁혔다. 예감이 좋지 않았던 것일까, 고개를 돌려 스태프에게 한 번 더 물었다.

"100명 확실히 됐죠?"
"예! 전국에서 100명의 사망자 제보가 들어왔어요!"

다시 고개를 끄덕이는 김남우. 정면을 바라보며 웃으려던 그때, 모니터를 바라보던 스태프의 당황한 목소리가 들려왔다.

"어? 101명?"
"뭐?"

고개가 돌아가는 김남우. 모니터를 바라보던 스태프의 눈빛이 흔들렸다.

"102명째 제보가!"
"…"

김남우는 식은땀이 흐르며 아찔해졌다. 만약 방금 전 웃었다면 그대로 사망했을 것이다. 김남우의 목소리가 톤이 높아졌다.

"어떤 새끼들이 가짜로 제보하는 거야?"
"그럴 리가 없어요! 거의 정확한 정보들만 모일 텐데?"

안절부절못하는 스태프와 인상을 쓰는 김남우. 10분이 더 흐르고, 김남우가 물었다.

"102명에서 더 이상 늘어나지 않죠?"
"네, 네!"

다시 긴장하며 카메라를 응시하는 김남우. 입이 떨어지질 않지만, 스튜디오의 모두가 김남우가 웃기만을 기다리고 있었다.
웃어야 했다. 그것이 스마일맨의 일이었다.
다시 한 번 크게 심호흡을 하며 결의를 다지는 김남우, 곧!

"하… 하… 하하하하하하!"

대차게 웃은 뒤, 두 눈을 질끈 감았다.

3초 뒤, 눈을 뜨며 긴 숨을 내뱉는 김남우.

"휴, 국민 여러분! 이제 웃으셔도 됩니다!"

곧, 늘 그래왔듯이 스튜디오에 박수와 환호가 터지며 모두 김남우를 격려했다.

그러나 카메라 앞을 벗어나는 김남우의 표정은 밝지 않았다. 대기하고 있던 공치열과 최무정도 심각한 얼굴로 김남우를 맞이했다.

"형!"

"도대체 어떤 새끼들이 가짜로 제보를 하는 거야? 남우야! 살아서 다행이다! 정말 다행이야!"

"…"

둘이서 욕을 하며 떠들어대도 김남우의 굳은 얼굴은 펴지질 않았다.

⋮

"…"

카메라 앞에 앉아 있는 김남우의 얼굴이 굳어 있었다.

어쩔 줄을 몰라 하는 주변 스태프들. 김남우가 다시 한 번 물었다.

"웃음 사망자가 몇 명이라고요?"

스태프가 우물쭈물하며 말했다.

"113명이요…"
"…"

김남우의 표정이 황당함을 넘어서서 심각해졌다.
시간은 이미 1시를 넘어서, 저주가 시작된 지 다섯 시간이 지난 상황이었고, 그사이 제보된 웃음 사망자는 113명이었다.

결국 폭발한 김남우는 카메라 앞에서 벗어나 스태프의 자리로 달려갔다.

"어떻게 113명이 나와요? 확실한 제보들만 모은 거 맞습니까?"
"그게… 전부 확실히 사진까지 보낸 제보들이라…"

어쩔 줄을 몰라 하던 스태프가, 모니터로 제보 글들과 사진들을 보여주었다. 곧 대기 중이던 공치열과 최무정도 다가왔고, 셋은 눈에 불을 켜고서 제보들을 하나하나 확인했다.

스태프가 사진을 넘기며 설명했다.

"경찰과 소방관, 병원을 통한 공식적인 제보와, 시민들의 제보들 중에 사진이 포함된 제보들만을 추린 게 113건이에요."

제보된 사진 속의 사망자들은, 환하게 웃는 얼굴로 죽어 있었다. 사진들을 보던 최무정이 말했다.

"…저들이 모두 죽은 게 맞긴 한 거야? 죽은 척, 저런 표정을 짓고서 사진을 찍어 보낸 거 아냐?"

"!"

"!"

충격으로 소름이 돋은 셋. 곧 최무정이 이를 악물며 말했다.

"이제 알겠어. 사람들은 스마일맨의 목숨 따윈 중요하지 않은 거야! 그저, 어서 이 빌어먹을 상황이 끝나면 장땡인 거야! 세 시간, 네 시간씩 긴장하고 있는 게 짜증 나서! 이 상황이 언제 끝나는지를, 스마일맨의 목숨으로 확인하고 싶은 거라고!"

"…"

김남우의 얼굴이 굳어버리고, 공치열의 얼굴이 공포로 부들부들 떨렸다.

"그, 그럼 어떡해요? 형, 어떡해?"

"…"

말하는 사이 모니터로 또 한 건의 제보가 뜨자, 욕설을 내뱉는 최무정! 굳은 얼굴로 모니터를 바라보던 김남우가, 다시 의자로 걸어갔다.

"혀, 형?"

"남우야?"

카메라 앞 의자에 앉은 김남우가 중얼거렸다.

"스마일맨이 웃어야 한 달이 시작된다."

"…"

"스마일맨이 웃어야 한 달이 시작된다. 스마일맨이 웃어야 한 달이 시작된다. 스마일맨이 웃어야…"

카메라를 응시하며 호흡을 하는 김남우. 하지만 자꾸 마른침을 삼켜댔다.

한참을 눈을 감고 호흡을 조절하던 김남우가 눈을 떴다. 경련을 일으키는 입꼬리를 천천히 올리는 김남우.

"하… 하… 하하하하하하하!"

대차게 웃은 뒤, 두 눈을 질끈 감고 고개를 숙였다.
3초 뒤, 두 눈을 뜨며 고개를 번쩍 드는 김남우.

김남우의 얼굴에 소름 끼칠 정도로 환한 미소가 떠올랐지만, 곧 눈이 뒤집히고 말았다.

"으… 으… 어억!"
"나, 남우 형!"
"남우야!"

분주하게 모여드는 사람들 사이로, 김남우의 숨이 조금씩 멎어들었다. 환한 미소와 함께.

"남우 형!"

눈물을 흘리는 공치열과, 발악하는 최무정. 스태프들이 김남우의 시신을 수습해서 옮기고, 그곳이 눈물바다가 되었을 때,

언제 스튜디오에 들어온 건지, 검은 양복을 입은 사내들이 그

곳으로 와서 말했다.

"다음 스마일맨 준비해주십시오."
"!"

두 눈을 부릅뜨며 부들부들 떠는 공치열. 최무정이 악다구니를 썼다.

"야, 이 씨발 새끼들아! 이거 안 보여? 지금 이 상황에 뭐라는 거야, 이 새끼들이!"

그러거나 말거나 그들은 무표정하게 말했다.

"다음 스마일맨 준비해주십시오."
"뭐라는 거야!"
"당신들이 그 월급을 받고 이곳에 존재하는 이유가 뭡니까? 스마일맨은 웃어야지! 웃는 게 일인데."

강압적인 사내의 말에 최무정의 얼굴이 일그러지고 곧, 사내의 손짓과 함께 공치열이 카메라 앞으로 떠밀렸다.

"어… 으으!"
"치열아! 야, 이 새끼들아! 이게 말이 되냐고? 이게 말이 되는!"

최무정이 반항해보지만, 사내들에게 저지당했다. 그사이에 공치열은 카메라 앞 의자에 앉게 되었다.

온몸을 부들부들 떨며 눈물을 흘리는 공치열. 카메라 앵글 밖에서 검은 양복의 사내가 재촉했다.

"웃으십시오. 그게 스마일맨의 일이잖습니까."

공치열의 불안한 고개가 사내를, 최무정을, 김남우의 시체가 있는 쪽을 향해 움직였고, 사내는 무감각하게 말했다.

"스마일."

부들부들 떨며 카메라를 바라보는 공치열. 가쁜 숨을 몰아쉬다가 겨우 작은 목소리를 짜냈다.

"하아…"

경직된 표정의 공치열. 사내가 다시 재촉했다.

"밝게 웃으십시오."

이를 악문 공치열은 발악하듯 웃어젖혔다.

"하하하하, 하하!"

한차례 웃음을 터트리고 숨을 멈춘 채 굳어버린 공치열. 3초 뒤,

"하아~"

참았던 숨을 내쉬자 몸이 풀려버렸다. 잠시 멍하니 숨을 내쉬던 공치열이 카메라 쪽을 보며 말했다.

"국민 여러분… 이제 웃으셔도 돼요…"

힘없이 카메라 밖으로 벗어나는 공치열과 최무정의 눈이 마주치고, 둘은 김남우의 시체 앞에서 할 말을 잃은 표정으로 입을 다물었다.

⋮

"내 월급이 2천만 원으로 늘었네? 하하."

웃기지도 않는 말을, 웃으며 내뱉는 공치열.
최무정이 심각한 얼굴로 한쪽을 바라보았다.

"예비 스마일맨이… 100명이라고?"

그곳에는 불안한 표정을 한 사람들 100명이 모여 있었다. 최무정이 이죽거렸다.

"스마일맨이 아니라 그냥 제물이군. 이제는 아예 스마일맨으로 100명 목숨을 채우려나 보네."

곧, 최무정이 공치열을 바라보며 굳은 얼굴로 말했다.

"절대로 웃지 마! 사람들 제보 말고, 경찰에서 100명을 확인해줄 때까지 절대 웃지 말라고! 알았지?"
"…"

확답을 못 하는 공치열의 얼굴이 참담했다.

⋮

"응애~"
"여보! 아직이야?"
"염병! 저 새끼 아직도 안 웃고 있어! 그냥 웃지, 좀!"

TV 속 스마일맨 공치열을 바라보는 부부의 얼굴이 짜증으로 가득했다.

"벌써 몇 시간째야? 웃으라고 있는 새끼들이! 월급도 많이 받아 처먹으면서 말이야! 웃든가, 뒈지든가 뭐라도 좀 빨리 하라고!"

⋮

의자에 앉아 카메라를 바라보고 있는 공치열. 이미 검은 양복의 사내들이 카메라 밖에서 그를 위협하고 있었다.

공치열이 힘없이 스태프에게 물었다.

"제보가 몇 명이라고요?"

"그… 250명이요…"

말을 하는 스태프조차 미안해했다.

공식적인 제보를 제외하고, 사람들이 제보한 사진 속에는 200명이 넘는 사람들이 환하게 웃는 얼굴로 죽었거나, 죽은 척하고 있었다.

의자에 앉아 중얼거리기 시작하는 공치열.

"그러니까… 그러니까… 모두 250명이 죽었다고? 원래는 100명이 죽는 거니까, 적어도 150명은 가짜 제보를 했다는 거잖아? 나보고 죽으라고? 와, 이거 참 웃긴데? 그러니까 스마일맨을 죽여서 본인들이 살고 싶다는 거 아냐? 되게 웃기다. 이거 정말 웃긴데? 스마일맨 죽으라고 일부러 죽은 척 사진까지 찍고 말이야? 사람들 정말 웃기다. 우리나라에 웃긴 사람들이 이렇게 많구나. 이렇게 사람들이 웃기니까, 도저히 안 웃을 수가 없네? 으하. 하하. 하하하하하하하하. 하하하하하하하하하하하하."

미친 듯이 웃어대던 공치열. 환한 미소와 함께 눈이 뒤집혔다.

"으… 으어… 어…"

공치열의 숨이 멎고, 침묵에 휩싸인 스튜디오. 곧, 검은 사내들이 빠르게 공치열의 시신을 옮겼다. 그러고는 무덤덤하게 말했다.

"다음 스마일맨."
"최무정이 사라졌습니다!"
"뭐야?"

사내는 인상을 썼다.

"스마일맨으로 돈, 명성은 다 챙겨놓고, 자기 차례가 되니 도망을 가시겠다? 그렇겐 안 되지. 수배령 내려! 무조건 찾아내! 그리고…"

사내의 고개가 100여 명의 사내들에게 향했다.

"다음 스마일맨."

⋮

최무정이 카메라 앞, 의자에 앉아 있었다. 카메라 밖에서 최무정의 주변을 물 샐 틈 없이 지키고 서 있는 검은 양복의 사내들.

사내 중 하나가 시계를 확인하더니, 웃으며 최무정에게 말했다.

"10분 남았다, 도망자 스마일맨. 하하. 자진해서 돌아올 줄은 몰랐는데 말이야?"

그러나 무심한 표정의 최무정은 담담히 고개를 끄덕이며 말했다.

"10분 남았네."

사내는 아무렇지도 않은 최무정의 얼굴이 마음에 들지 않는 듯 인상을 쓰다가, 침묵했다.

⋮

아침 8시가 다가오자, 전국의 사람들이 TV 앞에 모여 스마일맨 최무정을 바라보았다.

사람들은 이러쿵저러쿵 떠들어댔다.

"제발 이번엔 빨리 좀 100명이 죽었으면 좋겠는데 말이야!"

"예비 스마일맨 많은 거 봤잖아? 대충 저 스마일맨들까지 합쳐서 빨리빨리 100명 좀 채우면 안 되나?"

사람들은 벌써부터 웃지 않아야 한다는 긴장과 짜증 속에서 TV 속 스마일맨만을 쳐다보았다.

드디어 8시가 되자, 전국의 사람들은 저마다의 방법으로 웃음을 참으며 TV를 바라보았다.

그 순간, TV 속 최무정이 양 손바닥을 머리 높이로 들어 올렸다. 그 자세로 가만히 카메라를 바라보는 최무정.

"?"

TV를 보던 사람들이 의아한 표정을 지을 때쯤, 최무정이 두 손으로 강하게 짝, 박수를 치자,

방송 화면이 전환되었다.

[하하하하하하!]

갑자기 화면에 코미디 영상들이 나오기 시작했다.

"뭐, 뭐야?"
"워워워?"

⋮

최무정의 박수 이후로, 스튜디오는 난리가 났다.
당장에 검은 사내들이 당황해 소리쳤다.

"뭐야? 무슨 일이야?"
"방송이! 코미디 영상들이 전국으로 송출되고 있습니다!"

급히 최무정을 돌아보는 사내. 달려들어 최무정의 멱살을 붙잡았다.

"너, 너, 이 새끼? 뭐 한 거야?"

그러나 곧, 사내는 깜짝 놀라 뒤로 물러나야 했다.

"하하하하하하하!"

"?"

큰 소리로 웃어버린 최무정! 사내가 놀란 눈으로 최무정을 바라보는데!

3초가 지난 뒤에도, 최무정은 멀쩡했다.

혼란스러워하는 사내를 향해, 최무정이 말했다.

"스마일맨이 웃어야 한 달이 시작된다! 스마일맨 임무 완료!"

⋮

감옥으로 들어가기 전, 최무정은 말했다.

"누가 죽든, 어차피 100명이 죽어야 하는 건 똑같다. 하루 종일 100명이 죽길 기다리며 전전긍긍하느니, 차라리 1분 만에 탈락자를 가리고 일상생활로 돌아가는 게 이득 아닌가? 누가 죽든, 100명은 죽어야 한다면… 그것은 어차피 경쟁이다! 인간이 늘, 항상, 그래왔듯이."

최무정의 말은 의외로, 사람들에게 쉬이 받아들여졌다. 높은 사람들의 생각으로도, 국민들이 빠르게 일상생활로 돌아오는 게 이득이었다.

그래서 정부는…

[푸하하하하하!]

매달 첫째 날 아침 8시부터 모든 TV 방송을 코미디로 편성했다. TV뿐만 아니라 라디오에서도 개그가 흘러나왔다.

인터넷과 스마트폰으로도 웃긴 자료들이 스팸처럼 퍼졌고, 시내에는 우스꽝스러운 광대들이 돌아다녔다.

또한 사망자 수를 알리는 뉴스 프로그램들도, 하루 종일 가짜 뉴스를 퍼트렸다.

[뉴스 특보입니다! 국민 여러분! 이제 웃어도 됩니다! 사망자가 100명을 넘어섰습니다!]

[국민 여러분! 이번엔 진짜입니다! 웃어도 됩니다! 아까는 착오였습니다!]

[국민 여러분! 정말로 진짜입니다! 웃으십시오! 저도 이렇게 웃지 않습니까? 하하하!]

[국민 여러분! 정말로, 정말 진짜입니다! 녹화된 영상이 아닌 라이브입니다! 으하하하하! 웃으십시오!]

[국민 여러분! 이번엔 진짜…]

온 언론이 스마일맨으로 가득했다. 가짜, 스마일맨으로.

개미 인간, 베짱이 인간

까페 DM.

20대의 대학원생 김남우가 팔짱을 낀 채, 굳은 얼굴로 앉아 있었다. 맞은편에 앉은 80세는 되어 보이는 할머니가 미안해하는 기색으로 김남우를 보다가, 조용히 입을 뗐다.

"미안해… 남우 오빠."

"…"

입을 굳게 다문 김남우의 얼굴이 분노로 일그러졌다. 건너편 자신의 연인, 홍혜화가 계약을 한 것에 대한 분노였다.

"오빠도… 계약해… 응? 같이 계약하자…"

김남우는 아무 말도 없이 바라만 보다가,

"도대체가… 이해할 수가 없다, 진짜…"

그 말을 던지고는 곧장 자리에서 일어나 나가버렸다. 홍혜화가 쫓아가려 했지만, 늙은 몸이 허락하지 않았다.

⋮

한 달 전.

악마가 나타났다.

[여러분에게 한 가지 계약 상품을 소개해드리려고 합니다.]

전 세계의 모든 사람들이 눈이 아닌 머리로 악마의 모습을 볼 수 있었다. 사람들의 머릿속에서, 악마는 이야기를 시작했다.

[먼저, 여러분 모두와 강제로 진실의 계약을 맺겠습니다. 이 계약은, 여러분과 제가 무조건 진실만을 말하고, 서로를 믿게 되는 계약입니다. 저희 악마들에게는 무엇을 하든 가장 기본이 되는 계약입니다.]

악마가 손가락을 딱 튕기자, 전 인류의 머릿속이 가볍게 번쩍였다. 이윽고 악마는 본론으로 들어갔다.

[제가 여러분께 소개해드릴 계약 상품은, '영원한 30살'입니다. 여러분의 수명이 다해 죽을 때까지, 영원히 30살의 모습으로 살게 만들어드리는 상품입니다. 그 조건이 되는 계약금은, 10년간의 늙음입니다. 미리 10년간 80대 노인의 모습으로 지내는 것! 그것이 계약금입니다. 10년간 80대 노인의 모습으로 지내고 나면, 남은 평생은 죽을 때까지 30살의 모습으로 살아갈 수 있습니다.]

사람들은 빠르게 머리를 굴렸다. 10년간 노인으로 사는 대신, 남은 인생을 영원히 30살로 살아갈 수 있다면 이득인가 손해인가?

답은 간단히 나왔다. 당연히 이득이었다. 게다가 악마는 더욱 더 달콤한 말을 했다.

[여러분이 걱정하시는 이상한 선입견처럼, 더러운 계약이 아닙니다. 30살이 되자마자 얼마 안 가 목숨을 잃는다거나, 혹 다른 부작용이 있다거나 하는 등의 치사한 일은 결코 일어나지 않을 겁니다. 여러분은 원래 주어진 수명 그대로의 긴 세월을, 30살의 젊은 몸으로 살아가게 되는 겁니다.]

사람들은 점점 더 구미가 당겼다.

[앞으로 딱 100일 동안만 계약을 받겠습니다. 한정 상품이라는 얘기죠. 그러니까 이 계약 상품에 관심 있는 분은, 얼른 계약을 하는 것이 좋을 겁니다. 속으로 저를 부르면, 언제라도 상담이 가능합니다.]

전 세계의 수많은 사람들이 마음속으로 악마를 불렀다. 그때 당장 악마와 계약을 맺은 사람도 있었다. 각종 언론들은 악마와 계약을 맺어 노인이 된 사람들의 모습을 뉴스 특보로 내보냈다.

그들의 모습을 보며 김남우는 고개를 저었다.

"이해할 수가 없네! 이미 다 늙은 사람은 그렇다 치고, 젊디젊은 사람들은 왜 저런 계약을 맺는 거야? 청춘이 아깝지도 않나? 10대도 있다며?"

반면 홍혜화는 이해한다는 얼굴이었다.

"그래도, 40살이든 50살이든 60살이든, 영원히 30살의 몸으로 살 수 있다는 거, 정말 매력적이잖아? 난 내가 나이 먹고 늙을 생각 하면 벌써부터 소름이 끼치는데!"

김남우가 인상을 쓰며 홍혜화를 바라보더니, 본인의 생각을 확고하게 말했다.

"미래를 위해서 현재를 희생하는 거, 그게 가장 멍청한 일이야! 만약 너랑 내가 10년간 80살 노인으로 지내야 한다고 생각해봐. 그 10년이 얼마나 끔찍하겠어? 지금은, 지금밖에 할 수 없는 일들이 있다고. 말 그대로 우리 인생에서 20대가 영원히 사라지는 거잖아?"

"그런가?"

"그러니까, 너도 절대 저런 계약 같은 거 할 생각 하지 마! 어휴~ 멍청한 사람들."

김남우는 몇몇 멍청한 이들만이 악마와 계약하리라 생각했다. 그러나, 현실은 그렇지 않았다.

시간이 흐를수록, 김남우는 본인의 생각과 세상 사람들의 생각이 얼마나 다른지를 깨닫게 되었다.

[악마와 계약을 맺은 사람들이 기하급수적으로 늘어나고 있습니다! 통계로 보자면, 60~70대 이상은 100퍼센트에 가까운 계약률을 보이고 있으며, 40~50대 중년층도 매우 높은 계약률을 보이고 있습니다! 게다가 10~20대의 젊은이들 사이에서도 계약을 하는 이들이 점점 늘어나는 추세에 있어, 거리가 온통 노인들로 가득한 모습입니다…]

그 말 그대로였다. 거리는 온통, 80대 노인들로 가득했다.

김남우는 나이 많은 사람들이야 어느 정도 이해가 갔다. 다신 돌아갈 수 없을 거라 생각했던 서른 살로 돌아갈 수만 있다면, 본인이 그 나이였어도 심각하게 고려했을 것 같았다.

김남우가 이해가 안 가는 건, 10~20대의 청년들이었다.

"미친 거 아냐? 지금 이 젊음이 아깝지도 않은 거야? 미래를 위해서, 현재를 희생한다는 게 말이나 되냐고!"

김남우는 본인이 다 답답했다. 할 수만 있다면, 도시락을 싸들고 따라다니며 계약을 말리고 싶었다. 그는 홍혜화를 향해서도 열변을 토했다.

"아니, 15살에 계약을 맺어서 10년 뒤에 30살이 된다고 쳐! 그럼 15살에서 30살까지의 청춘은 어디로 가는 건데? 누가 보상해주는 거냐고! 인생에서 20대가 영원히 사라지는 거잖아?"

그러나 동의를 구하는 김남우의 얼굴을 보는 홍혜화는, 조금 다른 눈빛을 하고 있었다.

"오빠… 난 이해가 가."

"뭐?"

"사람은 항상, 미래를 생각하며 살아. 학창 시절엔 미래를 위해서 공부하고, 돈을 벌면 미래를 위해서 저축하잖아? 하고 싶은 일을 하려고 하기 싫은 일을 하며 몇 년을 보내기도 하고 말이야."

"그거랑 이거랑은 좀 개념이 다르지! 희생하는 무게가 다르잖아?"

김남우는 곧, 홍혜화의 말에서 심상치 않은 기색을 눈치채고 물었다.

"너 설마 계약하려는 건 아니지?"

"…"

"안 돼! 절대 안 돼! 계약하지 마! 어? 절대 계약하지 마! 용서 못 해!"

김남우가 열을 냈지만, 홍혜화는 씁쓸하게 말했다.

"우리 부모님도 이미 계약했고, 우리 언니도 했어. 주변에 친구들도 많이 했고, 또 하려 하고 있어. 남들은 다 하고 있는데, 나만 뒤처질 순 없잖아? 악마가 계약을 받아주는 시간도 얼마 남지 않았는데…"

"남들 한다고 따라 한다는 게 더 이상하지! 절대 하지 마. 결코, 좋지 않다고."

홍혜화는 대답 없이, 씁쓸하게 웃어만 보였다. 김남우는 설득하는 투로 말했다.

"무섭지도 않아? 10년이야. 10년 동안 80대 노인으로 살아야 한다고. 자연스럽게 서서히 늙어간다면 괜찮아. 단숨에 그렇게 늙어버리면, 우리는 아마 10년도 되지 않아 미쳐버릴 거야."

"…"

말이 없던 홍혜화는, 시선을 돌리며 입을 열었다.

"개미와 베짱이 이야기 기억나? 준비하지 않으면, 겨울이 왔을 때 얼어 죽을 수밖에 없어. 10년 뒤 주위 사람 모두가 30살인데 우리만 나이를 먹어가면 어떡해? 친구들은 젊은 몸으로 경쟁력 있게 일을 하고, 놀기도 하고, 여행도 다니고 그럴 때 우리만 늙어가면 어떡해? 오빠는 다른 사람들에게 뒤처지는 게 두렵지도 않아?"

"자연스러운 일이야, 그게! 그리고 그건 미래의 일이야! 혜화야, 약속해. 절대, 절대로 계약하지 않겠다고! 응? 약속해!"

"…"

김남우는 간절히 바라보았지만, 홍혜화는 끝내 대답이 없었다.

⋮

술에 취해 비틀거리는 김남우가 시내를 걸었다. 예전에는 이

번화가에서 흔히 볼 수 없었던 80대 노인들이 김남우의 옆을 스쳐 갔다.

그들의 모습을 보며 김남우는 홍혜화를 생각했다.

[오빠… 오빠가 정 계약을 안 하겠다면… 우린 여기까지야. 20대 청년과 80대 노인이 사랑을 할 순 없잖아?]

[난 괜찮아… 넌 그래도 홍혜화니까… 난 괜찮아.]

[아니… 내가 안 괜찮아. 내가 이 몸으로 10년 동안 오빠를 마주할 자신이 없어. 그 이후에도… 우린, 여기까지야.]

거리의 노인들을 바라보는 김남우의 게슴츠레한 눈에, 분노가 일렁거렸다.

"빌어먹을… 개미와 베짱이 같은 소리 하고 있네… 오지도 않은 미래를 위해 현재를 희생하는 멍청이들… 얼간이들! 1년도 못 사는 개미와 베짱이의 미래에는, 다음의 봄 같은 건 없어! 그런데도 가장 아름다운 봄을 희생한다고? 겨울을 위해서?"

김남우는 노인들을 향해 적의를 드러냈다.

"내가 보여주겠어! 미래를 위해 현재를 희생하는 게 얼마나 어리석은 일인지! 그게 얼마나 후회스러운 일인지! 바보 같은 짓인지!"

김남우의 가슴 속에 이글거리는 씨앗이 심어졌다.

⋮

[인류 여러분. 10일 남았습니다. 10일 뒤에는 계약을 할 수 없습니다.]

제한 시간이 다가올수록, 계약을 맺은 사람들이 많아질수록, 새로운 계약자가 기하급수적으로 늘어났다. 남들은 다 하는데 자기만 뒤처지고 있다는 불안감이 엄습했던 것이다.

10대와 20대는 물론, 초등학생들까지. 심지어는 말만 할 수 있는 5, 6살 어린아이들도 부모님의 강요로 계약을 맺었다.

물론, 김남우처럼 절대 계약하지 않겠다는 사람들도 있었다. 그렇지만 그들도 주변인들의 설득이나, 사회 분위기에 휩쓸려 계약을 하곤 했다.

"대다수가 10년간 노인이 된 사회에서, 누가 제대로 된 노동을 하게 될 것인가? 바로 계약을 안 한 이들이다. 계약을 안 한 젊은이들은 결국, 10년간 노인들 수발이나 들다가 10년 뒤에는 늙어가며 뒷방으로 밀려날 것이다."

상상하면 무서운 이야기였다. 이런 이야기는 더욱더 젊은이들의 계약을 부추겼다.

결국, 악마가 정한 제한 시점이 끝났을 때, 80대 노인은 인구 그래프에서 큰 비율을 차지하게 되었다.

그제야 사람들은 떠들었다.

"이 세상이 노인이 살기에 이렇게나 불편한 세상이었다니!"

이제 사람들은 노인을 챙기기 시작했다. 노인을 위한 복지, 노인을 위한 공공시설, 노인을 위한 도시계획.

계단과 문턱이 낮아지고, 신호등의 신호 시간은 넉넉해졌다. 긴급 의료 체계도 제대로 정립되고, 도시 어디에든 휴식 공간이 생겨났다.

겉모습만 노인인 그들은, 몸의 피로를 정신력으로 극복했다. 당연히 전보다는 힘들었지만, 학생들은 그대로 학교에 다녔고, 직장인들은 그대로 직장에 다녔다.

사실, 이렇게 일상생활을 유지한 데에는 사람들의 예상보다 몸 상태가 나쁘지 않았다는 점이 크게 작용했다. 긴 세월 동안 여기저기서 사건 사고를 겪어가며 늙는 것과 한순간에 늙는 것은 몸의 상태에서 차이가 났으니까.

김남우는 그 모든 것에 화가 났다. 나쁜 마음이라 해도 좋았다. 그들이 잘 적응해나가는 모습을 볼 때면 배알이 꼴렸다.

그때까지도 김남우의 생각은 변함이 없었다. 오히려 더 확고해졌다.

"미래에 행복해지기 위해서, 현재를 불행하게 보내겠다고? 웃기고 있네! 그래선 안 돼!"

김남우는 생명공학에 몰두했다. 그의 목표는 오직 하나였다.

"악마와의 계약 따위가 아니라, 인간의 힘으로 젊음을 유지하는 방법을 찾아내겠어! 10년간 청춘을 희생하지 않아도 되는 방법을! 당신들의 선택이 얼마나 어리석은 선택이었는지, 내 손으로 직접 보여주겠어!"

어떻게 보면 증오에 가까운 그 목표가, 김남우의 원동력이 되어주었다. 매일매일 모든 시간을 연구실에서 보냈다. 쉽지 않았다. 전혀 불가능해 보였다. 김남우는 좌절에 빠졌다. 곧 연구에서 손을 놓아버렸다.

그때 한 노인이 김남우를 찾아왔다.

"자네의 연구에 대해 들었네."

김남우의 멍한 얼굴을, 노인이 단 한마디로 바꿔놓았다.

"돈을 무한히 지원해주지. 연구를 계속하게."

놀란 눈의 김남우를 바라보며, 노인은 말했다.

"난 살면서 그 누구도 믿지 않았지. 그래서 큰돈을 벌 수 있었어. 난, 악마의 말도 믿지 않았어. 그게 진실일 거란 걸 느끼면서도, 내 평생의 습관 때문에 그 말을 억지로 부정했지."

"…"

"그래서 난 계약을 하지 않았어. 불안해지더군. 내 경쟁자들, 내가 아는 모든 사람들… 그들이 젊어지면, 나는 어쩌지? 불안했어. 그들 모두 악마에게 사기를 당한 거였으면 좋겠지만… 아마 아닐 거야. 악마는 진실하니까."

"…"

"그래서 난, 자네의 연구가 필요해. 나도 그들처럼 젊음을 되찾고 싶어서만은 아니야. 내 선택이 절대 어리석지 않았다고 위안받고 싶어서야. 그들이 받을 그 보상이 배가 아파서야. 그들의 10년 동안의 희생이, 필요 없는 희생이었다고 통쾌하게 비웃어주고 싶어."

노인의 말은, 김남우의 마음을 정확히 흔들었다. 곧 노인이 결정타를 날렸다.

"영원한 30살? 그렇다면 우린, 영원한 20살을 목표로 하지.

얼마면 되겠나? 원하는 대로 지불하겠네."

김남우의 마음속에, 다시금 뜨거운 불길이 솟아올랐다.

⋮

모든 이들이 기다리던 그날이 왔다.

"이제 드디어 30살로 돌아갈 수 있어!"
"힘들었던 10년 고생도 끝이야! 이젠 영원히 30살로 살 수 있는 거라고!"

사람들은 어서 악마가 나타나 마법을 부려주기를 기다렸다. 10년간 온갖 고생을 참아가며 기다리고 기다리던 그날이었다.

그리고 김남우도, 그들만큼 이날을 기다려왔다.

곧, 악마가 나타나기만을 기다리고 있던 사람들 앞에, 갑자기 김남우 박사의 긴급 기자회견이 예고되었다. 전 세계로 방송되는 긴급 특보였다.
전 인류는 갑작스러운 편성에 의아해하며 TV를 보았다. 그리고 김남우는 이 시간을 기다려왔다는 듯이, 입을 열었다.

[인류 여러분. 10년 전을 기억하십니까? 갑자기 나타난 악마가 인류에게 흥미로운 제안을 했었지요.]

김남우는 다음 말을 꺼내기도 전에, 희열이 차오르는 걸 느끼며 웃었다.

[저도 인류 여러분에게 한 가지 제안을 드리려 합니다. 악마가 제안했던 것과 똑같은 제안입니다. 그것은 바로, 영원한 젊음입니다!]

"잉? 뭐라는 거야?"
"무슨 소리지?"

TV 앞의 사람들은 이해할 수 없다는 얼굴이 되었다.
김남우는, 웃음이 나오려는 걸 참는 표정으로 알약 하나를 꺼내 들었다.

[임상 시험은 끝났습니다. 이 알약 한 알로, 인간은 영원한 젊음을 얻을 수 있습니다. 어쩌면, 10년 전 악마가 내걸었던 조건보다 더 젊은 나이로 말입니다!]

"뭐?"
"저, 정말이라고?"
"설마! 설마?"

수많은 사람들이 혼란에 빠졌을 때, 김남우는 빠르게 열변을 토했다.

[그럼 어떤 조건이 붙을까요? 악마처럼 10년간의 희생을 요구할까요? 아닙니다! 그냥, 돈만 있으면 누구든 살 수 있습니다! 누구도 10년간 늙을 필요 없이, 누구도 헛되이 20대를 없애버릴 필요 없이! 당장 이 알약을 먹는 것만으로도 영원한 젊음을 얻을 수 있단 겁니다!]

김남우의 주장을 들은 사람들은 머릿속이 복잡해졌다. 김남우의 말이 사실이라면, 그들이 그동안 고생해온 10년은 무엇이 된단 말인가?

사람들은 김남우의 말을 부정하고 싶어 했다.

김남우는 진지한 표정으로 말했다. 10년 전 하고 싶었던 그 말을, 지금 말했다.

[여러분… 미래를 위해, 현재를 희생하는 것은 정말로 헛된 일입니다. 미래에 행복해지기 위해 현재를 불행하게 보내는 인간이야말로 정말로 불쌍한 존재입니다. 인간은 항상, 지금 행복해야 합니다. 아직 오지도 않은 미래가 아니라, 바로 지금 내가 살아가고 실존하는 현재가 행복해야 합니다. 그게 인간의 삶입니다. 후회 없을 인간의 삶입니다.]

"…"

그러나 사람들은 김남우의 말을 끝내 부정했다. 꼭, 부정해야만 했다. TV를 보던 사람들은 화를 냈다.

"개소리! 저건 다 거짓말이야! 저런 알약 따위를 누가 믿을 수 있겠어?"

"인간의 과학이 영원한 젊음을 만들어낼 수 있다고? 아니! 믿을 수 없어! 분명히 부작용이 있을 거야!"

"설령 저 알약이 진짜라고 해도, 가격이 몇억씩 하겠지! 어차피 있는 놈들만 사 먹을 수 있을 거야!"

사람들은, 아니, 노인들은 김남우가 만들어낸 약을 격렬하게 부정했다. 깎아내리고, 깔보고, 꺼렸다.

하지만, 그들이 기다리던 악마가 나타나 계약을 이행했을 때,

[10년간 계약금을 지불하느라 고생 많았습니다. 그럼, 계약을 이행하겠습니다.]

사람들은 할 말을 잃었다.

악마는 사람들에게, 알약 하나를 지급했다. TV 속 김남우가 들고 있는 그 알약과 정확히 똑같은 알약을.

[제가 그를 후원해서 어렵게 만든 약입니다. 임상 시험도 끝났습니다. 그 어떤 부작용도 없습니다. 자, 어서들 드시길!]

"…"

사람들은 이루 말할 수 없는 감정에 빠져들었다. 지난 10년간의 시간이 허무하게 스쳐 지나갔다. 허탈했다.

마찬가지로 허탈한 얼굴의 김남우가 중얼거렸다.

"이 미래를 위해 내 청춘을 희생했는데… 인간의 미래는 정말 알 수가 없구나."

문신

[굶어 죽는 아이들을 구하기 위해서, 아이들을 문신으로 새겨드리겠습니다.]

자신을 마법사라 소개한 소년은, 굶어 죽는 아이들을 구하기 위해, 아이들을 문신으로 만들었다고 했다.

사람들은 소년이 마법사라는 것은 인정했다. 그렇지 않고서야 전 인류의 눈앞에 홀로그램처럼 나타날 수 없기 때문이다.

그렇다면, 아이들을 문신으로 만들었다는 건 뭘까?

전말을 듣고 나니, 정말 경악스러운 이야기였다. 살아 있는 아이를 마법으로 엄지손가락만 한 그림으로 바꿔, 다른 사람의 피부에 문신처럼 새긴다는 것이다.

사람들은 반발했다.

"어떻게 살아 있는 아이를 문신 따위로 만들 수 있단 말인가? 이런 미친 사이코 살인마야!"

소년은 고개를 흔들며 말했다.

[아이는 죽은 게 아닙니다. 아이는 육체만 없을 뿐, 인간과 다를 바 없이 살아갑니다. 문신을 새긴 사람이 맛있는 음식을 먹으면, 아이도 똑같이 포만감을 느낍니다. 감정도 공유합니다. 그가 행복을 느끼면 아이도 행복을 느끼고, 그가 슬픔을 느끼면 아이도 슬픔을 느낍니다. 똑같이 인간처럼 살아갈 수 있는 겁니다.]

"아무리 그래도! 내 몸도 없이, 남의 몸에 기생해서 문신으로 사는 거! 그게 무슨 사는 거라고!"

소년은 또박또박 되물었다.

[그럼, 그냥 굶어 죽게 놔둡니까? 저는 굶어 죽기 직전의 아이들만 문신으로 바꿨습니다. 제가 그들을 문신으로 바꾸지 않았다면 모두 굶어 죽었을 겁니다. 그 아이들이 굶어 죽어갈 때, 당신들은 무엇을 했습니까?]

"그건!"

[굶어 죽을 아이들을 문신으로라도 살 수 있도록 하는 게, 무엇이 그리 나쁜 일입니까? 그런 꼴을 보고 싶지 않다면, 애초에 이 세상에 굶어 죽는 아이들이 없도록 만들던가요.]

"…"

사람들은 할 말이 없었다.

[그리고 여러분이 아이들을 잘 보살펴, 아이들이 자립할 수 있는 어른이 됐을 때, 그땐 아이들을 꺼내서 다시 인간으로 되돌릴 겁니다.]

"음…"

사람들은 더 이상 이의를 제기할 수 없었다. 여전히 일부는 소년의 행동에 불만을 표했지만, 대부분은 소년이 하는 행동을 구호 활동으로 인정했다.

소년은 마지막으로 말했다.

[문신이 된 아이들이 배고파합니다. 빨리 옮기지 않으면, 아이들이 모두 굶어 죽을 겁니다. 이 불쌍한 아이들을 몸에 새겨서 돌봐줄 분들

은, 어서 저를 찾아오시길 바랍니다.]

소년은 전 세계의 주요 대도시에, 커다란 천막을 설치했다. 어디서든 그 천막을 들추고 들어가면, 소년이 사는 천막으로 이어졌다.

소년의 말에 동감한 몇몇 사람들이, 문신을 새기기 위해 천막으로 찾아갔다.

소년은 커다란 천막의 중앙에 테이블을 차려놓고 앉아 있었는데, 사람들은 그곳에 들어서자마자 깜짝 놀랐다.

소년의 바로 옆 넓은 우리에서, 어마어마하게 거대한 코끼리가 입안 가득 볏단을 우물우물 씹고 있었기 때문이다.

코끼리는 보통 코끼리의 다섯 배는 됨직하게 거대했다. 그리고 이 거대한 코끼리의 피부에는, 아이 문신이 한가득 새겨져 있었다.

[임시로 아이들을 코끼리에 새겨놓았습니다. 인간으로서는 저 볏단이 무척 맛없을 텐데 걱정이군요.]

사람들의 궁금증을 해결해준 소년은, 그들을 일렬로 줄 세웠다.

한 사람이 다가와 문신을 새길 부위를 내밀면, 소년은 마법봉으로 코끼리에게서 아이 문신을 떼어 그의 몸에 새겨주었다.

"오오!"

"아! 정말 살아 있구나!"

문신을 새긴 사람들은 엄지손가락만 한 아이 문신을 신기하게 바라보았다. 그 아이들은 소년의 말대로 정말로 살아 있는 것처럼 표정의 변화가 있었다.

어떤 사람이 주머니에 있던 초콜릿을 한 조각 먹자,

"앗?"

피부에 새겨진 아이가 난생처음 맛있는 걸 먹은 듯, 놀라 커진 눈으로 행복해하는 모습이 보였다.

"아아! 이렇게 아이들을 구해주는 것이구나!"

그는 얼른 맛있는 음식을 먹기 위해, 바삐 천막 밖으로 나섰다.

아이 문신을 새긴 사람들은, 소년의 행동을 대대적으로 세상에 알렸다.

"이건 정말로 굶어 죽는 아이들을 구하는 마법입니다! 제가 밥을 먹을 때, 이 어린아이가 얼마나 행복해하는지 여러분은 모르실 겁니다!"

"그 마법사 소년은, 굶어 죽어가는 제삼세계 아이들을 확실하게 구하고 있는 영웅입니다!"

TV의 유명 인사들도 하나둘, 소년을 찾아가 아이를 새겼다. 그들의 말은 좀 더 파급력이 있었다.

"전혀 어려울 게 없습니다, 여러분. 그냥 문신을 하나 새기는 것일 뿐, 다른 어떤 노력도 필요하지 않습니다. 그 작은 행동 하나로 굶어 죽는 아이 하나를 구제할 수 있습니다. 여러분, 모두 함께합시다."

유명인들이 장려하고 나서자, 아이 문신을 새기는 행동이 마치 유행처럼 퍼져갔다. 그렇다. 유행이었다.

SNS에도 인증 글들이 넘쳐났다.

[굶어 죽을 아이를 위해서 문신 하나 새기고 왔다. 내 피부에도 아이를 위한 보금자리 하나쯤은 있더라고.]

[내가 지금 치킨을 먹는 건, 모두 이 아이를 위해서! 데헷~]

[애들까지 모두 데리고 가서 하나씩 새기고 왔어요! 우리 아들은 씻으면 지워질까 봐 걱정되어서 못 씻겠다고ㅋㅋㅋ]

[내 작은 행동 하나가…]

마법사 소년의 천막은 문신을 새기기 위해 줄을 선 사람들로 가득했다. 누군가는, 문신을 새길 때 소년에게 요구했다.

"여기 잘 보이게 손등에 새겨주세요!"

"이쪽 팔목에 가로로 손목시계처럼 새겨주시면 됩니다."

"목덜미와 어깨 사이로 대각선으로 해서…"

그들은 마치 패션처럼 아이 문신을 새겼다.

마법사 소년은 군말 없이 그들의 요구를 모두 들어주었다. 아무렴, 아이들이 살기만 하면 되는 것이다.

"한 번에 여러 명도 가능합니까?"

[가능합니다.]

"아, 그러면, 오른팔 어깨에서부터 손목까지 일렬로 붙여 새겨주세요."

[알겠습니다.]

게다가 한 사람이 꼭 한 아이만 새길 필요가 없다는 사실이 밝혀지자, 사람들은 한 번에 여러 아이를 새기기도 했다.

그렇게 되자, 결정적인 사실이 하나 알려졌다. 다이어트를 위해 식단 조절을 하던 누군가가 질문한 것이다.

"왠지, 아이들 문신을 새기고 나니까 살이 좀 더 잘 빠지는 느낌? 그냥 느낌인가?"

그 질문에 마법사 소년이 답해주었다.

[여러분이 섭취하는 음식을 아이가 나눠 먹습니다. 그러니, 아이를 많이 새긴 분들은 평소보다 더 먹어야 평소와 같은 칼로리 섭취가 이뤄질 겁니다.]

사람들 귀에는 이렇게 들렸다.

"아이 문신을 몸에 새기면, 다이어트에 도움이 됩니다."

소년의 천막으로 향하는 사람들의 수가 더욱 늘어났다. 아예 열 명 넘게 새기고 가는 사람들도 나왔다. 그들의 증언은, 사람들의 마음을 흔들어놓았다.

"매일 치킨 한 마리를 다 먹어도, 전혀 살이 찌지 않아!"
"먹고 싶은 걸 마음껏 먹어도 몸매가 유지돼!"
"와~ 대박! 나 일주일 만에 10킬로그램 뺐다!"

소년의 천막으로 향하는 사람들의 수가 폭발적으로 늘어났다. 몸에 새기는 아이들의 수도 열댓 명까지 마구 늘어났다. 효과는 굉장했다.

사람들은 평소보다 두 배, 세 배로 식사해도 속이 멀쩡했다. 사람들은 먹는 즐거움을 마음껏 즐겼다.

사람들은 행복했다. 먹고 싶은 것들을 걱정 없이 마음껏 먹을 수 있고, 심지어 그렇게 먹는 것만으로 굶어 죽는 아이들도 여럿 구해낼 수 있었으니.

시간이 흐를수록 대도시의 식량 소비량이 크게 증가했다. 맛있는 식량들이 대도시로 몰려들었다.

그러자, 몇몇 이들이 고개를 갸웃했다.

"이게 정말로 구호 활동이 맞는 건가? 세상에 존재하는 식량을 우리가 더 많이 먹어서, 굶주린 아이들을 구호한다? 그 식량들을 그냥 그 아이들에게 전해주면 되는 거 아닌가?"

일리 있는 지적이었다. 그러나 그들의 목소리는 묻혔다. 사람들이 떠드는 말이라곤,

"우리가 많이 먹으면 먹을수록, 제삼세계의 배고픈 아이들을 구해낼 수 있는 겁니다! 우리가 배불러야 그 아이들도 삽니다!"

이상했다. 자꾸만 고개를 갸웃하게 만들었지만, 뭐라고 할 수

도 없었다. 실제로 아이들을 구해내고 있었으니까.

소년의 구조 계획은 대성공이었다. 문신 대기자 줄이 너무 길어 사람들이 안달할 지경이었다. 사람들은 걱정했다.

"내 차례가 오기 전에, 굶어 죽는 아이들이 다 떨어지면 어쩌지?"

사람들은 그것을 걱정했다. 물론 기우였다.

"와… 세상에 굶어 죽는 아이들이 이렇게 많았단 말이야?"

시간이 흘러도 소년이 준비한 아이 문신은 전혀 줄어들 기미가 보이지 않았다. 사람들은 글로나 보던, 5초에 한 명씩 아이들이 굶어 죽고 있다는 말을 체감할 수 있었다.

누군가는 날카롭게 의혹을 제기하기도 했다.

"혹시, 지금 우리가 악순환을 되풀이하고 있는 것 아닙니까? 잘사는 우리가 이렇게 자꾸 더 먹어서 세계에 식량이 부족해지고, 그래서 못사는 아이들이 더 굶주리게 되는 것 아니냔 말입니다!"

그러자 안심하라는 듯, 누군가가 대답했다.

"걱정하지 않으셔도 됩니다. 현재 인류의 농업 생산량은 이미 과잉생산 상태이고, 전 인류를 거뜬히 먹여 살리고도 남을 만큼 식량이 넘칩니다. 평소보다 두 배, 세 배로 많이 먹더라도 전혀 문제없습니다."

"아! 그럼 왜?"

이상했다. 고개를 갸웃했다. 얼굴에 물음표를 띄웠다.

그러나 사람들은 의혹보다는, 문신 새기기에 몰두했다. 언론도 그것이 굶어 죽는 아이들을 구하는 최고의 방법인 것처럼 보도했다.

시간이 지날수록 분위기가 점점 과열되어, 한 사람이 수십 명씩 아이들 문신을 새기자, 누군가 날카롭게 비판했다.

"한두 명을 새기는 것은 굶어 죽는 아이들을 구하기 위한 행동이라 쳐도, 수십 명씩 새기는 사람들은, 말 그대로 아이들을 다이어트에 이용하는 것 아닙니까! 그들의 다이어트에 이 아이들이 이용당해도 되는 겁니까?"

맞는 비판이었지만, 한 가지 대답이면 할 말이 없어졌다.

"그래도, 아이들을 구해내고 있지 않습니까?"

"…"

사람들은 문신이 된 아이들을 수십 명씩 몸에 새겼다. 마치 기초대사량을 늘리는 기분으로 가볍게 새겼다.

누구도 그들의 행동을 비판하지 못했다. 어쨌든 아이들을 구해내고 있었으니까.

하지만 그들이 생각하지 못했던 사실이 있었다. 몇 년이 지나자 그들은,

"배고파… 배고파… 망할! 먹어도 먹어도 배고프다고!"

우적우적 밥을 먹으면서도, 배가 고팠다.

문신이 된 아이들은, 문신 상태에서 나이를 먹고 자라났다.

자라난 아이들은 어릴 때보다 더 많은 칼로리가 필요했다. 아이를 수십 명씩 몸에 새긴 사람들은 도저히 그 칼로리를 감당할 수 없었다. 그들은 종일 식사를 했다. 마치 먹기 위해 태어난 사람처럼 먹어댔다.

마법사 소년은 말했다.

[문신을 없애달라는 요청이 있는데, 불가능합니다. 처음 약속대로, 그 아이들이 어른이 될 때까지 보살펴줘야 합니다. 그러기 위해서 데려간 것 아닙니까?]

"으으! 젠장할! 배고파! 배고프다고!"

세상에는 끔찍한 소문이 돌기 시작했다. 문신 제거 수술을 하는 사람들이 있다는 소문. 어디까지나 소문일 뿐이겠지?

지금 지구에는,
세상에서 가장 많은 음식을 먹는 사람이, 가장 배가 고팠다.
세상의 음식을 자기가 다 먹어치우면서도, 가장 배가 고팠다.

눈멀 자들의 세계

전 세계의 모든 TV 채널에 악마가 나타났다. 그는 인류에게 의외의 제안을 했다.

[난 너희 인류에게 한 가지 초능력을 주고 싶어. 만약 너희가 동의한다면 말이야.]

초능력이라는 단어는 TV 앞에 모인 사람들의 호기심을 끌었다. 악마는 솜씨 좋은 외판원처럼 이야기를 시작했다.

[TV나 사진 같은 데서, 정말로 먹고 싶은 음식을 본 적이 있지? 정말로 먹고 싶지만 당장 구할 수 없어서, 너무 비싸서, 우리 나라에는 없는 음식이라서! 그래서 그림의 떡처럼 쳐다만 본 적들이 많지? 내가 너희에게 주고 싶은 초능력이 바로 그거야! 너희가 그 음식을 눈

으로 보기만 해도, 그 음식의 맛, 식감, 포만감까지 모두 느낄 수 있게 해주는 것!]

"오오오!"

사람들은 놀랐다.
악마는 TV 앞 사람들의 반응을 알고 있다는 듯 웃으며, 잘 익은 딸기 하나를 꺼내 들었다.

[예를 들면 이런 느낌?]

순간, TV를 보고 있던 사람들의 입술에 부드러운 딸기의 표면이 닿는가 싶더니, 곧 빨간 속살을 베어 무는 촉감에 이어, 입안에 상큼하고 달콤한 딸기의 맛이 퍼졌다.

"우아!"
"아! 맛있어!"

사람들은 경악했다.
악마는 마지막으로 웃으며 TV에서 사라졌다.

[하하하! 만약 그런 초능력을 얻길 원한다면, 3일 뒤까지 전 인류의 의견을 모아줘! 너희가 원한다면, 내가 그 초능력을 줄게! 너희 인

간들은 살 좀 쪄야 돼! 하하하.]

사람들은 이 놀라운 사태에 흥분해서 떠들어댔다. 이런 초능력이 생긴다면 얼마나 좋을까?

"무조건 땡큐지! 와~ 보는 것만으로 음식을 먹을 수 있다니!"

"당연히 원하지! 그러면 식비도 안 나갈 거 아니야!"

"굶어 죽는 사람들도 모두 사라질 거예요! 그것도 필수영양소만 빠듯이 챙겨 넣은 맛없는 식품이 아니라, 전 세계 모든 사람들이 좋아하는 맛있는 음식들을 먹으면서 말이에요!"

"와! 랍스터! 크레이 피시! 코코넛 크랩! 진짜 그동안 TV 보면서 먹고 싶은 음식들이 얼마나 많았는데! 대박!"

대부분의 사람들이 기대감에 들떴다. 물론, 반대 목소리도 존재했다.

"분명 목적이 있을 겁니다! 악마가 왜 이런 일을 벌이겠습니까?"

"인간이 보는 것만으로 모든 걸 먹을 수 있다면, 요식업은 물론, 농업, 어업 등 모든 산업이 망할 겁니다! 경제 대공황이 올 거라고요!"

그러나 반대 의견은, 어떤 주장 앞에서 기를 쓰지 못했다.

"망한다고? 망하면 어때? 이 초능력만 있다면 인간은, 어떤 상황이 오더라도 결코 굶어 죽지 않게 된다! 어쩌면, 평생 일을 하지 않고도 먹고살 수 있겠지!"

"그래도…"

"이 초능력이 가진 진정한 가치를 모르는 건가? 이 초능력은 말 그대로, 무한 동력이란 말이다! 무에서부터 나올 수 있는 유일한 에너지원!"

그 주장은 이 사태를 하나의 혁명이라 표현했다. 사람들은 대부분 이 혁명에 열광했지만, 시간이 지날수록 우려 섞인 의견도 하나둘 늘어났다.

"말 그대로 먹을 게 없어도 인간이 굶어 죽지 않는다면, 누군가는 그 효율을 노리고 인간 노예 공장 같은 걸 만들지 않으리란 법이 있는가? 나는 무서운 생각이 든다. 인간이란 그렇게, 무섭단 말이다."

"먹지 않고 똥오줌만 누면 어떻게 되는 거지? 지구상에 똥오줌만 넘쳐나게 되는 것 아닌가? 시간이 지날수록 점점 더 심각해질 텐데…"

"사람들의 건강도 문제다. 지금도 비만이 전 세계적인 문제인데, 너무나 손쉽게 맛있는 음식들을 먹을 수 있게 된다면? 비만 인구가 역대 최대치로 늘어날 텐데!"

일리 있는 우려들이 사람들 사이에서 터져 나왔다. 그렇지만 인류 대부분은,

"무조건 찬성이지! 뭘 고민해? 당연한 거 아니야? 초능력이라고, 초능력!"
"지금 있는 것들이 반대하는 거지? 우리같이 없는 사람들은 평생 먹어보지도 못할 음식들을 먹을 기회가 생기는 건데!"
"누가 반대를 하는 거야? 개념 없네, 진짜!"

찬성했다. 환영했다. 3일이 지나 어서 악마가 나타나기를 두근거리는 마음으로 기다렸다.

3일이 지났다.

[좋아! 인간들아, 결정했어? 자~ 그럼, 이 초능력에 찬성하는 사람은 오른손을 들고, 반대하는 사람은 왼손을 들어줘!]

결과는 뻔했다.

[그래! 역시 원하는구나! 그럴 줄 알았지! 하하하!]

악마는 웃으며 박수를 짝, 쳤다.

[좋았어! 이제부터 너희 인간들은, 눈으로 보기만 해도 그 음식을 먹게 될 거야! 하하하! 마음껏 즐기라고! 이 초능력을!]

악마의 손에서 빛무리가 뻗어 나간 후, 전 세계의 하늘이 일순간 번쩍했다. 그리고,

"우아! 진짜다! 진짜 초능력이 생겼어!"

사람들은 열광했다. 모든 인류가, 눈으로 보기만 해도 음식을 맛볼 수 있게 된 것이다.

방송국들은 기다렸다는 듯, 전 세계 맛 기획 프로그램을 틀었다. 제삼세계의 굶주린 아이들에게도 건강 식단이 펼쳐졌다. 사람들은 준비했던 최고급 음식들의 사진을 펼쳤다.

"코코넛 크랩이 이런 맛이었어? 이런 식감이었어? 대박! 너무 맛있어."

"이게 바로 자연산 송이의 참맛이구나! 이 향 좀 맡아봐!"

"아아아! 특등급 참치 대뱃살! 평생 못 먹어볼 줄 알았어! 아, 행복해!"

전 세계에서 행복의 비명이 터져 나왔다. 한데, 그 기간은 그리 길지 않았다.

"으… 배불러… 배 터지겠네."

"뭐야… 이 초능력 어떻게 멈추는 거야? 배 터질 것 같다고!"

"우웩! 우우웨엑!"

원할 때만 사용할 수 있는 능력이 아니었던 것이다. 언제 어디서든 눈으로 본 음식은 다 먹게 되는 능력이었다.

"당장 TV 꺼! 끄라고!"

"요리책 치워! 우웨에엑!"

"119! 119 불러! 119!"

전 세계에 포만감으로 고통받는 사람들이 넘쳐났다. 심지어 구토하다, 기도가 막혀 사망하는 일까지 벌어졌다.

사람들은 두 패로 나뉘어 소리쳤다.

"악마에게 속았다! 이게 무슨 초능력이야! 이건 저주라고!"

"아니야! 잘만 조절하면 될 거야! 처음이라 그렇지, 분명 조절이 가능한 문제라고!"

그것이 속은 것이든 아니든, 인류는 적응해야 했다. 처음의 대혼란 이후, 각국의 정부는 수습을 위한 모든 노력을 펼쳤다.

"TV든 뭐든, 음식을 내보내는 것을 모두 금지합니다!"

"식당의 간판들을 모두 치우세요! 음식 그림이 들어간 사진들은 모두 폐기하세요!"

"모든 가게의 식료품들을 폐기하겠습니다!"

"도심 내 과실수들을 모두 베어내세요! 과수원과 논밭, 어장의 출입을 금합니다!"

최대한 사람들의 눈앞에 음식들이 보이지 않도록, 모든 걸 없앴다.

인류는 적응해나갔다. 힘들었지만, 초반의 혼란을 잠재우고 나니 그래도 살 만했다.

체계가 잡혀나가자, 인간들은 먹고 싶은 음식이 있으면 원하는 만큼, 조절해서 먹을 수 있게 되었다.

아직 완벽하진 않았지만, 확실히 인류는 초능력을 이롭게 만드는 데 성공했다고 평가했다.

배가 고프면 원하는 음식을 검색하기만 하면 되었다.

"아, 좋아! 오늘은 뭘 먹어볼까나. 불도장? 샥스핀? 스테이크? 후식은… 여름 수박? 겨울 딸기?"

혼란이 잠재워진 인류는 행복했다. 과연, 인생의 절반은 먹는 즐거움이라더니, 그 말이 틀리지 않았다.

그때, 악마가 다시 TV에 나타났다.

[안녕! 인간들아! 살 많이들 쪘어?]

악마의 등장에 누군가는 이를 갈며 원래대로 돌려달라 소리쳤고, 누군가는 혹시 또 다른 이벤트가 생기진 않을까 기대했다.

[오늘은 그냥 지혜를 전해주고 싶어서 왔어.]

"지혜?"

사람들은 고개를 갸웃했다. 지혜? 지혜라니?

[너희, 알고 있어? 인간은 뭐든지 먹어! 예전에 어떤 나라에서는 아이들이 배가 고파 나무껍질을 벗겨 먹었대! 또 생식하는 사람들은 웬만한 풀들은 다 먹고 말이야! 그리고 알지? 개나 고양이도 먹을 수 있는 거! 불이 없던 시절의 인간들이었다면, 아마 개나 고양이를 사냥해서 그 생살을 뜯어 먹었을걸?]

"무슨 소리야?"

사람들은 도대체 악마가 무슨 소리를 하는 건지 몰라 눈살을 찌푸렸다. 한데, 악마가 전해준 지혜를 의식하게 된 순간,

"우웩!"

"뭐, 뭐야, 이 맛? 으… 이 맛 뭐냐고!"

사람들은 눈으로 먹게 되었다. 악마가 말한 것들을 음식이라 인식하게 되었다. 나무를 보면 나무껍질 맛을 느꼈고, 풀을 보면 풀 맛을 느꼈다. 집에서 키우던 개를 보면 그 개 맛을 느꼈고, 고양이를 보면 고양이 맛을 느꼈다.

[하하하! 내가 전해준 지혜를 잘 알아들었어? 새로운 지식을 익히는 건 언제나 좋아! 그렇지? 하하.]

악마는 웃으며 사라졌고, 전 세계 사람들은 울분을 토했다.

또다시 인류는 대혼란을 겪게 되었지만, 또다시 인류는 적응해나갔다.

[모든 반려동물을 금합니다. 도심의 나무를 모두 베어내겠습니다. 집에서 식물을 기르는 것은 불법으로…]

수많은 사람들이 불행해했다. 그럼에도 불구하고, 초능력은 좋았다.

"아이씨! 기분도 더러운데 오늘은 달콤한 음식들 좀 먹어야지! 세계 3대 초콜릿 사진 검색…"

"아, 치킨이나 뜯어야겠다!"

"오! 8성급 호텔 풀코스 사진이라고? 좋지~"

시간이 지나자, 더 이상의 문제는 생기지 않는 듯했다. 굳이 꼽자면, 같은 인간끼리 음식 테러를 하거나, 고추냉이가 잔뜩 들어간 요리 사진을 이용해 낚시하는 것쯤이 전부였다.

한데, 악마가 또다시 나타났다.

[안녕! 인간들아! 마지막 지혜를 전해주려고 왔어!]

"뭐, 뭐야, 또?"

인간들은 공포에 떨었다. 누군가는 이미 어떤 생각을 떠올리며 마음을 졸이기도 했다.

악마는 웃으며 말했다.

[그거 알아? 불의의 사고로 조난당한 사람들은 정말로 배가 고프면 옆 사람을 잡아먹기도 했대!]

"!"

[그래! 인간은 같은 인간도 잘 먹더라고! 어쩌겠어? 먹을 수 있어서 먹는 것뿐인데, 뭐! 너희 인간들은 먹을 수 있다면 뭐든지 먹잖

아? 안 그래? 하하하하하.]

악마는 웃으며, 크게 웃으며, 신명 나게 웃으며 사라졌다.

"…"

전 세계에서 구토 소리가 울려 퍼졌다. 수많은 비명이, 눈물이, 그리고 어둠이 찾아왔다.

여섯 개의 화살

지구가 통일된 지 10년. 전 세계의 인류가 주민등록을 마쳤다. 그러나 밀림 깊숙한 곳에서 세상과 단절된 채로 살아가던 보그족만은 예외였다.

독자적인 문명을 가진 그들은 외부와의 접촉에 필사적으로 저항했고, 어떠한 대화의 여지도 주지 않았다.
그들의 문명은 매우 미개했고, 이상한 종교를 갖고 있었으며, 호전적이었다.

그동안은 보그족에 대해서 두 가지 의견이 팽팽히 맞서고 있었다.

"그냥 둡시다. 그들에게는 그들만의 문화가 있으니, 우리는 그것을 존중해주어야 합니다."

"아니요! 예외는 있을 수 없습니다. 게다가 그들을 위해서라도 지구 문명의 혜택을 나누어야 합니다!"

"우리가 하는 일이 정말로 그들을 위한 게 맞습니까? 솔직히 그곳의 자원을 개발하기 위한 핑계를 대는 게 아니냔 말입니다."

"무슨 그런 음해를! 통일 정부의 모든 행동은 오직 인류애를 바탕으로 이뤄지고 있습니다. 같은 인간으로서, 우린 그들에게도 좋은 것을 나눠줘야 할 의무가 있습니다!"

"그들은 그 안에서 충분히 좋을 수 있습니다. 그들은 그냥 우리와 다를 뿐이지, 틀린 게 아닙니다. 오히려 우리보다 더 행복할 수도 있습니다. 그들의 문명을 존중합시다."

"때로는 다른 것이 곧 틀린 것일 수도 있습니다! 이 지구 통일 시대에, 배고파서 또는 치료받지 못해서 죽는 인간이 존재한다는 게 말이나 됩니까?"

많은 의견 충돌이 있었지만, 10년 차에 들어선 통일 정부가 내린 결론은 보그족의 주민등록과 개방이었다.

아직 완벽하게 자리 잡지 못한 새로운 통일 정부에는 전 인류의 완벽한 통일이라는 상징성이 매우 중요했기 때문이다.

그것을 위해 정부가 만든 공익 CF도 꽤 자극적이었다.

피골이 상접한 아이가 힘겹게 누워 있는 모습과 내레이션은 계속해서 감정을 자극했다.

[약 한 알이면 됩니다. 주사 한 방이면 됩니다. 그러나 우린 해줄 수 없습니다.]

[전통과 문화를 존중하는 일은 중요합니다. 그렇지만 그보다 더 중요한 것은 인간의 존엄성입니다.]

[통일을 이루어낸 우리는 자신 있게 단언할 수 있습니다. 지금의 세상은 충분히 좋은 곳입니다. 이제 그들에게도 좋은 세상을 보여줍시다.]

감성적인 CF에 비해서, 정부의 행사는 꽤 강압적이었다.

보그족은 필사적으로 저항했지만, 첨단 기술력을 갖춘 인류의 힘을 당해낼 수 없었다.

수많은 보그족이 제압되어 세상에 끌려 나왔다. 그 과정에서의 무력 충돌은 언론에 비추어지지 않았다. 언론에 비추어지는 건 문명의 혜택을 받는 그들의 모습뿐이었다.

당장 치료가 필요한 이들이 현대 의학의 도움으로 나아지는 모습.

위험한 밀림에서 벗어나, 새로 지은 깔끔한 건물에서 편하게 생활하는 모습.

보그족 아이가 초콜릿과 아이스크림을 먹고 눈이 휘둥그레지는 모습.

그리고 '세상은 좋은 곳입니다'라는 슬로건.

보그족을 그냥 두어야 한다던 반대 의견은 점점 힘을 잃었고, 정부의 정책은 무난하게 이루어지는 듯했다.

그런데 보그족의 주술사가 마지막 순간, 최후의 저항을 했다. 그것은 실로 놀라운 것이었다.

"까르카그 까르카!"

주술사는 문양이 새겨진 커다란 단지의 뚜껑을 열어버렸고, 그곳에서부터 오색찬란한 빛의 기둥이 하늘로 솟구쳤다.

"으악! 뭐야?"
"저, 저게 무슨?"

사람들은 깜짝 놀랐다.
전 세계 어디에서든 볼 수 있었던 그 빛은 밤이 새도록 사라지지 않았다.

인류는 늘 그렇듯이 미지의 것에 공포를 느꼈다.
보그족들은 죄다 빛의 기둥을 향해 엎드린 채였고, 정부에서는 이 갑작스러운 사태에 대한 대처법을 내놓지 못하고 있었다.

전 인류가 불안한 마음으로 하룻밤을 보낸 다음 날.

정확히 하루 동안 빛나던 빛의 기둥이 사라지고, 그 자리에 색색으로 빛나는 여섯 개의 화살이 생겨났다.

사람들은 하필 공격적인 이미지의 화살이 생겨 더욱 불안해졌는데, 갑자기 어디선가 아름다운 목소리가 들려왔다.

[아아! 신께서 주셨던 저희의 보물을 되찾아주셨습니다! 인간에게 이 능력을 부여할 권리가 있음을 인정하겠습니다!]

그 목소리는 전 세계 어디에서든 똑똑히 들려와 사람들을 깜짝 놀라게 했다.

얼른 하늘을 바라보자, 화살 주변에 빛의 덩어리가 하나 반짝이고 있었다.

사람들이 당황하자, 목소리는 자신을 설명했다.

[저는 천사입니다. 그동안 저희 천사들은 보물을 잃어버려 여러분을 돕지 못하고 있었습니다.]

"천사?"

"천사라고?"

하룻밤을 불안에 떨었던 사람들은 천사라는 단어가 반가웠다. 게다가 이어지는 설명에 사람들의 표정은 더욱 밝아졌다.

[이 여섯 가지 화살은 각기 다른 능력을 갖고 있습니다. 붉은 화살은, 맞으면 사랑에 빠지는 화살입니다.]

"어? 그거 완전 큐피드의 화살이잖아!"
"그럼 진짜 천사인가 봐!"

사람들은 기뻐했다. 그러나 다 좋은 것만은 아니었다.

[푸른 화살은 미움에 빠지는 화살입니다. 주홍 화살은 아름다워지는 화살입니다. 회색 화살은 흉측해지는 화살입니다. 하얀 화살은 모든 것을 치유하는 화살입니다. 검은 화살은 반드시 목숨을 빼앗는 화살입니다.]

사람들은 목숨을 빼앗는 화살이란 대목에서 움찔했다. 그런 무서운 화살이 있다니!

[원래 이 보물들은 천사와 악마가 반씩 나눠서 사용하고 있었습니다. 하지만 양 진영의 과도한 경쟁으로 인해서 저희는 인간에 대한 간섭을 금지당했고, 보물을 봉인당하고 말았습니다. 그러나 봉인이 풀린 지금, 저희 천사들은 다시 인간을 위해 봉사할 수 있게 되었습

니다.]

목소리는 간단하게 설명했지만, 인류가 단번에 알아듣기에는 너무 낯선 세상의 이야기였다.
잘은 모르겠지만, 중요한 건 그다음 말이었다.

[오늘 저는 한 가지 보물을 찾아가려 합니다. 저희 천사들에게 어떤 화살을 주시겠습니까?]

"어떤 화살?"
"천사에게 화살을 쏠 수 있게 해준다는 건가?"

전 세계의 사람들이 웅성거리기 시작했다. 이후 목소리가 다시 한 번 화살의 능력을 설명해주자, 사람들은 서로 목소리를 높여가며 떠들어댔다.
그중 가장 많은 이야기가 나온 건 단연코 하얀 화살에 대해서였다.

"당연히 하얀 화살 아니야? 모든 것을 치유하는 화살이잖아."
"천사들이 아픈 사람들을 치료할 수 있는 거잖아!"

그런 말들이 많이 나올 때쯤, 목소리가 반응했다.

[하얀 화살! 저에게 하얀 화살을 주시려거든, 오른손을 하늘로 들어 주십시오.]

수많은 사람이 손을 들기 시작했다. 얼떨결에 들었든, 호기심에 들었든 간에, 어쨌든 손을 들었다. 이윽고 과반이 손을 들자,

[아아, 아!]

하늘을 맴돌던 하얀 화살이, 빛의 덩어리를 향해 쏘아졌다.

부르르 떨던 빛의 덩어리는 곧 화살과 함께 사라졌다.

사람들은 조금 당혹스러웠지만, 한편으로는 기대했다. 이제 천사들의 치유력이 세상에 펼쳐지리라는 막연한 기대.

그러나 너무 쉽게 무언가를 결정했다며, 목소리에 휘둘렸다는 느낌을 받는 사람도 있었다.

언론은 이 모든 일을 정리하느라 바빴다. 사람들은 저마다 추리와 상상을 섞은 이야기들을 떠들어댔고, 정부에서는 남은 화살을 바라보며 대책을 세워나갔다.

인류는 하루의 시간 동안, 어느 정도는 이 신비한 사태를 이해하는 데 성공하는 듯했다.

그리고 다음 날, 또다시 빛의 덩어리 하나가 화살들 근처에 생겨났다.

한데, 어제와는 목소리가 달랐다.

[크하하하! 잘했다, 인간들아! 덕분에 우리 악마들의 보물을 되찾게 되었구나!]

"뭐야?"

"아, 악마?"

[내게 어떤 화살을 돌려줄 생각이냐? 주기 싫어도 어쩔 수 없다! 어차피 오늘이 지나기 전에 결정하지 않으면 내가 알아서 가져갈 수 있으니! 크하하하!]

인류는 몹시 당황했다.

통일 정부는 곧바로 전 세계에 긴급 방송을 내보냈다.

무엇이든지 함부로 결정하지 말고, 정부가 회의를 끝낼 때까지는 손을 들거나 이와 비슷한 행위를 절대 하지 말라는 방송이었다.

곧이어 수많은 토론이 이어졌는데, 거기서 나온 가장 중요한 결론은 하나였다.

"절대로 검은 화살이 악마의 손에 들어가선 안 됩니다!"

다른 건 그렇다 쳐도, 목숨을 빼앗는 화살만큼은 절대 악마에게 들어가선 안 되었다.

그리고 악마와 천사가 번갈아 나타날 거란 예상은, 아이러니한 결론을 내리게 했다.

"해로운 화살은 천사에게, 이로운 화살은 악마에게 줘버려야 합니다. 그래야 인류가 삽니다."

정부는 방송을 통해 전 인류에게 이러한 사실을 알리고 이해시켰다.

[붉은 화살? 사랑에 빠지게 만드는 화살 따위를 우리에게 주겠다고? 빌어먹을!]

인류는 악마에게 붉은 화살을 쏘아 보냈다.

그러고는 걱정을 하기 시작했다.

"천사가 가져갈 수 있는 화살이 두 개밖에 없어! 해로운 화살이 세 개나 남았는데, 어떡해!"

"처음에 하얀 화살을 생각 없이 준 게 실수였다고!"

다음 날, 다시 천사가 나타났을 때 인류는 아무런 망설임 없이 검은 화살을 주었다.

그다음 날, 악마가 나타났을 때는 대상을 아름답게 만들어준다던 주홍 화살을 주었다.

이제 하늘에는 미움에 빠지는 푸른 화살과 흉측해지는 회색 화살이 남아 있었다.

인류는 둘 중 한 가지를 악마에게 주어야만 했다.

"누군가를 미워하게 되는 것보다는 차라리 흉측해지는 게 낫습니다!"

"이 세상은 외모지상주의입니다! 흉측해지느니, 차라리 죽어버리는 게 낫다고 생각하는 사람이 얼마나 많은지 아십니까?"

"만약 당신이 가족을 미워하게 된다면 그게 얼마나 큰 불행인지 상상해보셨습니까?"

"어차피 지금도 세상에는 서로 미워하는 사람들이 많습니다! 누군가가 미워지면, 관계를 끊으면 그만입니다! 외모가 어디까지 흉측해질지 상상은 해보셨습니까?"

의견이 분분했지만, 어차피 정부의 결정은 처음부터 정해져 있었다.

"천사에게 푸른 화살을, 악마에게 회색 화살을 줍시다. 어쩌면 천사의 하얀 화살이 흉측해진 모습을 치료해줄 수도 있습니다."

정부의 결정은 전 세계에 방송되었고, 결국 남은 두 화살은 그렇게 나누어졌다.

여섯 개의 화살이 모두 분배된 뒤, 거대한 빛기둥이 또 한 번 솟아올랐다.

이윽고, 전 세계의 하늘에 천사들과 악마들이 활을 들고 출몰하기 시작했다.

당연히, 사람들은 공포에 질려서 집 안으로 숨어들었다. 당장 악마들이 쫓아와서 화살을 쏘아댈 것만 같았다.

"어?"

"뭐야?"

그런데 악마들이 아닌, 천사들이 인간들을 향해 검은 화살을 쏘아대는 게 아닌가?

"이게 무슨!"

"처, 천사가 사람을 죽인다!"

대혼란이 벌어졌다. 천사에게 보호받기 위해 접근하던 사람은, 검은 화살에 맞아 목숨을 잃었다.

이 어이없는 사태를 본 사람들은 천사들을 향해 절규했다.

"왜 천사가 우리에게 검은 화살을 쏘아대는 겁니까?"

인류의 질문에, 천사는 대답했다.

[여러분이 죽어야 천국에 데려갈 수 있기 때문입니다.]

"뭐? 미쳤어? 우린 죽기 싫다고!"

그러자 천사는, 이해할 수 없다는 듯 고개를 갸웃하며 대답했다.

[천국은 좋은 곳인데요?]

"…"

[물론 인류 여러분의 전통과 문화를 존중합니다. 그렇지만 그보다 더 중요한 건 인간의 존엄성입니다. 이렇게 미개한…]

낚싯대로 낚은 괴생물체

사내는 혼자 얼음낚시를 하러 떠났다.

직장은 무단결근에 핸드폰도 꺼놓았다. 충동적인 결정이었지만, 그만큼 미래에 대한 고민이 절실했다.

다행히 사내가 도착한 얼음 호수에는 아무도 없었기에, 사내가 생각을 정리하는 데 도움이 되었다.

사내는 끌로 20센티 구멍을 뚫고, 곧바로 낚싯대를 드리웠다.

"…"

가만히 입질을 기다리는 동안 그의 신경은 온통 딴 데에 가 있었지만, 강력한 입질이 오자 얘기가 달라졌다.

“음?”

빙어의 간질거리는 느낌이 아니었기에, 송어를 기대했다.

“?”

20센티 구멍에 머리가 걸려 올라오지 않았다.
게다가 얼핏 보인 모습은, 송어라기보다는 꼭 문어 같았다.
왜 호수에 문어가 있나, 하는 의문도 잠시, 사내는 얼른 끌로 구멍을 넓히고 줄을 들어 올렸다.

“으아악!”

낚싯대에 걸린 건 문어도, 물고기도 아니었다.

[안녕하십니까?]

문어 같은 머리에 눈 코 입과 팔다리가 달린, 작은 괴생물체였다. 사내가 기겁을 하고 뒤로 넘어지자, 괴생물체는 말했다.

[심하군요. 낚시였다니? 저는 지렁이의 신이 나타나서 저를 잡아가는 줄 알았습니다. 하하.]

말을 하며 입에 걸린 바늘을 빼내는 괴생물체. 사내는 놀란 눈으로 쳐다만 볼 뿐, 벌어진 입으로는 한마디 말도 꺼내지 못하고 있었다.

괴생물체가 인상을 찡그리며 입천장을 만지작거릴 때에, 사내가 겨우 말을 짜내었다.

"뭐, 뭐세요?"

[음!]

턱을 만지작거리며 고민하던 괴생물체가 입을 뗐다.

[저는 외계인입니다.]

"아아!"

사내는 납득했다. 예전에 인터넷에서 본 외계인의 이미지와 비슷해 보였으니까.

괴생물체는 사내가 믿는 듯하자, 주절거리기 시작했다.

[저희 별은 지구에서 수억 광년 떨어진 곳에 있는데, 그곳은 사계절이 모두 겨울이지요. 제가 거기서 이 지구로 온 이유는, 이혼 때문입니다. 저희 별에서는 이혼을 하려면 4년간의 조정 기간이 필요한

데, 그사이에 각자 다른 별로 여행을 떠나서…]

시간이 지나면서 조금 진정이 된 사내는, 눈앞의 외계인에게 호기심이 생겼다.

"저, 저기! 혹시, 우주선을 좀 보여주실 수 있겠습니까? 제가 〈스타워즈〉의 광팬이라…"

[…]

말을 멈춘 괴생물체의 표정이 묘해졌다. 그러더니,

[외계인이란 건 거짓말이었습니다. 사실 저는 요정입니다.]

"엥?"

사내는 황당하다는 표정을 지었고, 괴생물체는 다시 주절거렸다.

[저는 사실 호수의 요정입니다. 죄송합니다. 정체를 들키면 이 호수의 평안이 깨질까 봐 거짓말을 해버렸군요. 사실, 저희 집안은 53대째 이 호수를 지켜왔고, 모든 송어와 빙어의 존경을 받는…]

다시 괴생물체의 말을 듣고 있던 사내가, 또 얼굴이 상기되어 끼어들었다.

“저, 저기! 요정이시면, 저를 요정계로 데려다줄 수 있으십니까? 어릴 적에 제가 가장 사랑했던 동화책의 내용이 바로 그랬습니다! 그걸 보면서 주인공이 어찌나 부러웠는지, 항상 요정계로 여행을 떠나는 것을 꿈꿔왔습니다!”

[…]

괴생물체의 표정이 다시 묘해졌다. 그러더니,

[요정이란 건 거짓말이었습니다. 사실 저는 지저 세계의 인간입니다.]

“잉?”

사내는 황당하다는 표정을 지었고, 괴생물체는 다시 주절거렸다.

[지상의 주인은 인간이겠지만, 지하 세계의 주인은 바로 저희입니다. 저는 깐따시 시청의 공무원으로, 새로운 주거지역의 확장 공사를 시행하던 도중에 우연히 이 호수의 바닥을 뚫게 되었습니다. 사실, 저

희 세계에서 호수의 물은 부의 상징과도 같기 때문에, 몰래 이 호수를 제 별장 삼아 이용해왔지만, 제 비리를 눈치챈…]

사내는 다시 눈을 동그랗게 뜨며 끼어들었다.

"지저 세계! 그 말이 정말이라면, 우리의 인연은 필연일 수도 있겠습니다! 사실, 저는 무역업에 종사하고 있습니다. 지저 세계의 특산물과 지상의 특산물을 서로 무역할 수 있다면, 어마어마한 기회가 되지 않겠습니까? 상상만으로도 짜릿하군요!"

[…]

괴생물체의 표정이 또다시 묘해졌다.

[지저 세계 인간이라는 건 거짓말이었습니다. 사실 저는 악마입니다.]

"…"

사내는 이젠, 할 말을 잃었다.

[저는 악마이지만, 더위에 약한 특이체질입니다. 유황불로 가득한 그곳에서 생활하는 데는 영 젬병이죠. 그래서 이 차가운 호숫가에 휴

가를 나오곤 하는데…]

사내는 괴생물체의 말을 한 귀로 듣고 한 귀로 흘렸다. 믿을 필요가 없을 것 같았다. 그는 조금 퉁명스럽게 말했다.

"진짜 악마라면, 제 소원을 들어주실 수 있습니까? 제 영혼을 받고 말입니다."

[…]

괴생물체의 표정이 또 묘해졌다.
고개를 끄덕이는 괴생물체!

[이런 데서 계약을 맺게 될 줄은 몰랐군요. 어차피 실적도 안 좋았는데 참 잘됐습니다.]

사내는 당황했다. 진짜 악마였단 말인가?

[그래, 소원이 무엇입니까?]

"어, 어어…"

사내는 급작스러운 사태에 놀라 조금 전 말을 취소하려 했다가, 문득…

“…”

나쁘지 않겠단 생각이 들었다. 어차피 자신은, 자살을 고민하며 이곳에 오지 않았던가?

“어떤 소원이라도 들어줍니까?”

[물론이지요.]

사내의 얼굴이 굳었다.

“시간을 되돌려주십시오. 학창 시절로 돌아가고 싶습니다. 그럴 수 있다면, 다신 이렇게 살지 않을 겁니다. 바람피우는 아내와 결혼하지도 않을 거고, 왕따당하는 직장에 취직하지도 않았을 겁니다… 공부를 핑계로 〈스타워즈〉 애장품들을 모두 버리는 일도 없었을 겁니다. 그리고… 그래, 만약 과거로 돌아가서 로또에 당첨될 수만 있다면!”

말을 하면서 점점 얼굴이 밝아지는 사내.

“〈스타워즈〉 박물관을 만들 겁니다! 모두가 좋아하겠죠! 그리고 저는 이런 일을 할 필요도 없이, 어릴 적 꿈이었던 동화 작가가 될 수도 있을 겁니다! 돈 걱정 없이! 요정 세계 이야기를 마음껏 풀어낼 수 있겠죠! 어떤 아이들은 제 책을 보며 꿈을 키울 겁니다!"

[…]

상기되어 떠드는 사내를 바라보던 괴생물체의 얼굴이 묘해졌다.

[악마라는 건 거짓말이었습니다.]

"아!"

사내의 얼굴에 어마어마한 상실감이 몰아쳤다. 그리고 곧, 그 자리를 분노가 채웠다.

"지금 도대체!"

[저는 사실, 당신의 상상입니다.]

"뭐?"

화를 내려다, 괴생물체의 고백에 멈칫하는 사내!

[잘 생각해보시죠. 지저 세계와의 무역을 이뤄내고, 직장에서 인정받아 왕따를 벗어나고 싶었습니까? 괴로운 인생에서 벗어나 어릴 적 꿈이었던 요정계로 도피하고 싶었습니까? 어릴 적에 손을 놓았던 〈스타워즈〉로 다시 가슴 두근거릴 일이 생겼으면 싶었습니까? 사실은 자살하긴 싫어서, 누군가 기적처럼 나타나 소원을 들어주었으면 싶었습니까?]

“그건… 그건!”

사내의 눈동자가 사정없이 흔들렸다.
괴생물체는 사내에게 점점 다가갔다.

[저는 당신이 만들어낸 상상입니다. 어느 요정이, 외계인이, 악마가, 낚싯바늘 따위에 걸려서 이렇게 당신과 대화를 나누겠습니까? 세상에 이렇게 생긴 괴생물체가 어디 있겠습니까?]

“그, 그런!”

[이제 그만, 상상에서 깨어나시죠. 더 늦기 전에 말입니다.]

괴생물체가 손을 뻗어 사내의 가슴을 압박했다.

"무, 무슨! 무슨!"

강력한 압박에 숨조차 쉴 수 없을 정도로 괴로워하던 사내는 곧…

⋮

"쿨럭!"

"이봐! 정신이 들어?"

"커헉, 컥!"

사내는 물을 토해내며, 희미한 시야로 주변을 확인했다. 호숫가 옆에 흠뻑 젖어 누워 있는 사내에게 낯선 중년의 남성이 호통쳤다.

"어휴! 당신 죽을 뻔했어! 알아? 아니, 아직 호수가 제대로 얼지도 않았는데 무슨 얼음낚시야? 내가 안 봤으면 당신 그대로 물에 빠져 죽었어!"

"아…"

사내는 머릿속으로 상황을 파악했다. 자신이 덜 언 빙판에 구멍을 뚫다가 호수에 빠졌구나. 그래서 정신을 잃었구나. 괴생물체를 만났던 일은 모두 상상이 맞았구나.

"…감사합니다."

"정말 나 없었으면 진짜 죽었어!"

"감사합니다."

입으로는 감사하다 말하고 있었지만, 사실 사내는 머릿속으로 반대의 생각을 하고 있었다. 어차피 자살을 고민하고 있었는데, 차라리 그대로 죽는 게 더 낫지 않았을까?

사내는 그래도 고마운 중년의 남성에게 뭐라도 보상을 해주기 위해 한쪽에 놓아둔 가방으로 향했다.

"응?"

지갑을 열어본 사내가 고개를 갸웃했다.

"동화 작가 김남우?"

자신의 이름으로 된 이상한 명함이 있었다. 불현듯 떠오른 생각에, 급히 핸드폰을 꺼내 드는 사내!

전원을 켜자마자 무수한 부재중 연락들이 연달아 도착했다. 곧 이어 걸려 온 전화.

[아, 선생님! 도대체 지금 어디세요? 새로 발매한 동화책 사인회가

오늘인 걸 잊으신 거예요?]

"아… 아?"

[선생님의 〈스타워즈〉 박물관에서 사인회 열기로 하셨잖아요! 어디세요? 예?]

"〈스타워즈〉 박물관? 사인회?"

[아, 왜 그러세요. 선생님? 아이참, 어서 오세요! 다들 기다리고 있다고요! 빨리요!]

혼란스러워진 얼굴로 급히 호수를 돌아보는 사내!
괴생물체가 어디 있는지 고개를 휘휘 둘러보았지만…

[아, 어디세요? 제가 갈까요? 선생님 동화책 들고 기다리는 아이들이 얼마나 많은지 아세요, 지금?]

"아… 아! 어, 얼른 가겠습니다!"

사내는 얼떨결에 급히 짐을 챙겼다. 떠나기 전에 중년 남성에게 동화 작가 김남우의 명함을 건네는 것도 잊지 않았다.

"제가 급해서! 꼭 사례하겠습니다! 연락해주세요!"
"응? 뭐, 꼭 사례를 받자고 한 일은 아니었는데…"

낚싯대와 가방을 챙겨 달려가는 사내의 얼굴에 왜인지 모를 웃음이 걸려 있었다.
모든 게 혼란스러우면서도, 자꾸만 웃음이 나왔다.

⋮

호수 한쪽에서 빼꼼 고개를 내미는 괴생물체. 사내가 떠나가는 모습을 지켜보고, 안도의 한숨을 내쉬었다.

[휴! 저 인간 때문에 지구 정복 계획에 차질이 생길 뻔했네! 혹시 저 인간이 나를 만난 이야기를 하고 다녀도, 이젠 동화 작가의 상상력으로 치부하겠지?]

의기양양하게 스스로를 칭찬하는 괴생물체.

[…]

그러나, 당신을 바라보는 괴생물체의 얼굴이 묘해졌다.

[지구 정복이란 건 거짓말이었습니다. 사실 저는 천사입니다. 천사

는 사춘기에 한 차례 허물을 벗게 되는데, 그때의 몰골을 주변에 보여주기가 창피하므로, 지상으로 숨어들곤 합니다. 가급적 사람들의 눈에 띄지 않기 위해 극지방으로 가곤 하지만, 저는 저희 집안에 대대로 내려오는…]

푸르스마, 푸르스마나스

외계인은 정신체였다.

반투명한 그들의 신체는 아파트만큼 거대했다. 인류는 외계인을 눈으로 볼 순 있었지만, 만질 순 없었다.

하지만 외계인은 달랐다. 그들은 인류에게 물리력을 행사할 수 있었다.

"끼야아악!"

"끄아아악! 놔! 놔!"

"엄마아!"

외계인의 반투명한 거대한 손이 바닥을 쓸며 사람들을 한 움큼 움켜잡았다.

그 손. 여섯 개의 손가락은 관절이 족히 스무 개는 되어 보였고, 말린 오징어의 다리처럼 비효율적으로 길었다.

그 손은 마치 콩나물시루에서 콩나물 한 뭉치를 잡아 빼어 쥐듯, 사람 한 뭉치를 세워 들었다. 손아귀 위로 늘어선 사람들의 머리는 꼭 콩나물 대가리들 같았다.

스무 명은 됨직한 사람들은 뼈마디가 으스러질 정도의 압력으로 서로를 향해 눌려 있어, 도저히 빠져나올 틈이 없었다.

횡액을 피한 지상의 사람들은 공포감과 안도감, 그리고 애도의 마음으로 그들을 올려다보았다. 이미 그들은 죽은 사람이나 마찬가지였기 때문이다. 무엇도 외계인을 막을 수 없었다.

사람들의 비명과 절규가 크게 메아리쳤다. 그러나, 그 모든 소음을 씹어 먹는 외계인의 음성이 곧 울려 퍼질 것이었다.

외계인의 심판이 시작된 것이다.

외계인은 다른 손의 가늘고 긴 손가락으로 20여 명의 사람 중 한 명의 머리를 꼬옥 집었다. 그러고는 위로 들어 올렸다.

[푸르스마.]

뿌직!

장엄한 외계인의 음성이 울려 퍼지며, 콩나물 대가리 뽑히듯 사람의 머리가 뽑혀 나갔다. 주변으로 흩뿌려진 피 분수에 손아귀 속 사람들의 비명은 더욱 거세어졌지만, 외계인의 손가락은 아랑곳없이 다음 머리를 선택했다.

[푸르스마나스.]

뿌직!

지상의 사람들은 고개를 돌렸다. 반투명한 외계인의 신체를 통과하여 떨어지는 피의 비를 피해 달렸다.

손아귀 속 모든 머리가 분리될 때까지 외계인의 심판은 계속되었다.

[푸르스마… 푸르스마나스… 푸르스마… 푸르스마나스… 푸르스마… 푸르스마나스…]

곧 외계인의 손아귀에서 아무런 소리도 울리지 않게 되었다. 떨어지는 핏물은 비를 넘어, 쥐어짜진 레몬즙처럼 뚝뚝 떨어져 바닥을 붉게 페인트칠했다.

하지만 그 이후는, 콩나물과 달랐다. 외계인은 사람들을 콩나물처럼 잘 다듬어놓고, 기껏 다듬어놓은 손아귀의 신체들을 미련 없이 바닥으로 털어버렸다.

그리고 외계인은 나타날 때와 똑같이 공기 중으로 사라졌다.

처음부터 존재하지 않았던 것처럼.

외계인은 그야말로 어느 날 갑자기 등장했다.

어느 날 갑자기 나타나, 사람들의 벌어진 입이 채 다물어지기도 전에 그곳을 지옥으로 만들었다.

외계인의 등장이 일회성이 아니라는 것을 깨달았을 때, 인류는 저항했다. 하지만 외계인에게 저항할 방법은 없었다. 그들은 정신체였던 것이다. 불공평하게도 인류는 그들에게 물리력을 행사할 수가 없었다.

총칼도 통하지 않았고, 열 공격, 음파 공격, 심지어 퇴마와 주술과 같은 초자연적 공격마저 시도해봤지만, 어떤 성과도 볼 수 없었다.

끝내 사람들은 외계인을 하나의 자연재해로 받아들였다.

외계인은 불규칙적이었다. 일주일에 한 번 나타날 때도 있었고, 하루에 10여 곳에서 동시에 등장할 때도 있었다.

지하도 안전하지 않았고, 하늘 위 비행기도 안전하지 않았다. 언제 어디서든, 그들은 공기 중으로 갑자기 나타났으며 심판을 끝내면 나타날 때처럼 공기 중으로 사라졌다.

그래도 인류는 그들의 규칙을 파악하기 위해 최선을 다했고,

가장 중요한 그들의 습성을 파악했다. 그들은 항상 사람들이 모여 있는 곳에 등장했다. 대형 마트, 콘서트장, 스포츠 경기장, 영화관, 시위 현장, 학교 등등…

그 사실이 알려지면서 인류의 생활은 재편되었다. 모이는 행위를 극도로 피하게 되었다.

스포츠나 콘서트 같은 문화 공연이 사라졌고, 대형 마트나 번화가도 점점 사라졌다. 큰 군대가 사라지고, 큰 전쟁도 사라졌다. 대형 공장과 빌딩형 대기업도 사라졌다. 학교 역시 모두 사라졌으며, 대부분 수도권에 집중되었던 인구밀도도 전국적으로 고르게 퍼졌다. 인류는 극도로 점조직화되어갔다.

인류 최초로 발전이 멈춘, 어쩌면 역행에 가까운 시대가 도래했다.

흩어진 사람들은 점점 검소한 생활을 하게 되었다. 꼭 필요한 것들만 자급자족하였고, 불필요한 낭비는 하지 않았다.

어떤 의미로, 인류는 지구를 넓고 고르게 아껴 쓰기 시작했다. 그래서 외계인을 추종하는 종교도 생겼다. 외계인의 행동에 심판이라는 이름이 붙은 이유도 그 때문이었다. 외계인으로 인해, 지구를 좀먹던 인간들이 자연 친화적으로 변하여 지구와 공존하게 되었다는 주장이었다.

사람들이 외계인에게 가장 궁금해했던 질문에 대해, 그들 종교는 이렇게 주장했다.

"그분들의 '푸르스마', '푸르스마나스'는 죄의 무게를 뜻합니다. 저희 종교는 그분들께 심판받은 사람들을 연구했습니다. '푸르스마'에 죽은 사람들이 '푸르스마나스'에 죽은 사람들보다 범죄자가 더 많았습니다. '푸르스마'로 죽은 사람들은 지옥에, '푸르스마나스'로 죽은 사람들은 천국에 갈 것입니다."

당연히 그들의 주장은 배척됐다. 유가족들부터가 그들을 격하게 증오했으니까. 하지만 사람들은 궁금하긴 했다.

도대체 '푸르스마', '푸르스마나스'는 무슨 뜻일까?

오직 그것만이 외계인이 인류에게 전하는 유일한 메시지였다.
'푸르스마', '푸르스마나스'에 대해 수많은 추측과 억측, 연구와 논문이 쏟아졌다.

어떤 과학자는, 외계인은 정신체이기 때문에 사람을 죽이면서 정신을 먹는데, 그것이 정신을 씹는 소리라고 주장했다.
철학자들도 많은 생각을 했다.

'삶이란', '무엇이냐'.
'깨달은 존재', '깨닫지 못한 존재'.
'존재의 가치', '존재의 무가치'.

종교인들도 많은 해석을 내놓았다.

'인류가 지은 죄를', '사하노라'.
'벌레로 다시 태어나거라', '사람으로 다시 태어나거라'.
'심판의 날이', '다가오고 있다'.

사람들은 여러 가지 주장을 내세우며 '푸르스마', '푸르스마나스'에 대해 끊임없이 궁금해했다.

그리고 언제나 그렇듯이 사람이 가진 호기심의 힘은 강력했다. 10년이 지나고 20년이 지나고 30년이 지나고…

철학자, 종교인, 과학자가 힘을 합쳐 드디어 소리를 번역하는 기계를 발명했다.

소리가 담은 본질, 목적, 파동 자체를 번역하는 기계였다. 언어가 다른 사람들의 소리는 물론, 동물의 소리도 완벽하게 번역해냈다.

다만, 그 기계는 녹음된 소리로는 작동되지 않았고, 실제 현장의 음성만을 번역할 수 있었다.

곧 전 세계에서 사람들이 순교자를 자원했다. 30년간 품어온 인류 최고의 궁금증을 해소하기 위해서였다.

⋮

넓은 운동장 중앙에 순교자를 자원한 100여 명의 사람들이 모여 있었다. 지난 30년간 인류가 품어온 궁금증을 해소할 그날이 온 것이다.

운동장 외곽을 둘러싼 8대의 카메라가 중앙을 비추고 있었고, 그곳에서 찍은 영상이 전세계로 생중계되었다.

그리고 얼마 뒤. 전 세계인이 주목하는 가운데, 드디어 외계인이 공기 중에서 나타났다.

순교자들은 눈을 질끈 감았고, 곧 외계인이 손을 크게 휘둘러 순교자들을 한 움큼 집어 들었다.

어쩔 수 없는 비명과 절규가 쏟아졌지만, 눈을 돌리는 사람은 없었다. 현장의 사람들, 안방에서 TV를 보는 사람들, 세계의 모든 사람들이 똑똑히 상황을 직시했다.

그리고 외계인의 손가락이 첫 번째 순교자의 머리를 집었다.

[푸르스마.]

뿌직!

순교자의 머리가 뽑혀 나가고, 카메라는 번역 기계 앞에 선 과학자를 비췄다.

두 번째 순교자의 머리가 뽑혀 나갔다.

[푸르스마나스.]

뿌직!

기계를 들여다보는 과학자의 몸이 점점 굳어갔다. 그러는 와중에, 외계인의 심판은 계속되었다.

[푸르스마… 푸르스마나스… 푸르스마… 푸르스마나스… 푸르스마…푸르스마나스…]

번역을 해줘야 할 과학자가 아무런 말도 하지 않자, 인류의 궁금증은 폭발했다. 도대체 왜? 무엇이길래?
결국, 한 명의 순교자가 달려와 과학자를 잡아 흔들었다.

"이봐! 도대체 뭐야! 저들의 메시지가 뭐냐고?"

[푸르스마… 푸르스마나스… 푸르스마… 푸르스마나스…]

한 명 한 명 순교자들의 피가 흩뿌려지고, 지상에 남은 순교자들이 모두 과학자에게 달려들었다.

"빨리 번역하라고! 뭐냐고!"

그러자 곧 과학자는, 일생일대의 멍한 얼굴로, 전 세계로 생중계되는 카메라 앞에서 전 인류에게, 외계인의 '푸르스마', '푸르스마나스'를 번역해주었다.

"사랑한다… 사랑하지 않는다… 사랑한다… 사랑하지 않는다… 사랑한다… 사랑하지 않는다…"

"…"

인류는 침묵했다. 꺾여버린 줄기처럼.

이마에 손을 올리라는 외계인

공격적인 외계인이 지구를 침략했다.

[미개한 지구 인간들아! 너희 인간들을 정복하러 왔다! 크하하하!]

결과는 간단했다. 인류는 외계인에게 영향을 끼칠 만한 기술력이 전혀 없었고, 외계인은 버튼 하나로 도시 하나를 멸망시킬 기술력이 있었다. 단 며칠 만에 세계의 대도시 몇 곳이 마구 터져 나갔고, 인류는 항복을 선언했다.

"제발 공격을 멈춰주십시오! 인류가 졌습니다! 항복합니다! 목적이 무엇입니까? 무엇이든 드리겠습니다. 제발 공격을 멈춰주십시오!"

그러자 외계인은 곧, 전 세계 하늘에 홀로그램으로 나타나 승리를 과시했다.

[미개한 지구 인간들아! 이런 미개한 별에서 나는 것들 중에 하나라도 쓸모 있는 게 있겠느냐? 아무것도 필요 없다!]

인류는 분노했다. 아무것도 필요 없는데 왜 의미 없는 공격을 한단 말인가?

[단지 난 하등한 인격체들을 정복하고 싶었을 뿐이다!]

그렇다면 외계인은 성공했다. 그리고 외계인은, 자신의 승리를 다시 한 번 확인하고자 인류에게 아주 치욕적인 요구를 했다.

[모든 인간들은 지금 당장, 이마에 손을 올리도록!]

인류는 그게 무슨 의미인지 몰라 어리둥절했다. 그런 인간들을 보며 외계인은 크게 비웃었다.

[왜? 굴욕적인가? 너무 치욕적이라서 못 하겠는가? 크하하하! 미개한 종족 주제에 자존심은 있단 말이야? 크하하하! 어서 당장 이마에 손을 올려라!]

상황 파악이 안 되어 멈칫해 있던 것도 잠시, 인류는 일단 이마에 손을 올렸다. 그러자,

[크하하하! 그렇지! 너희같이 미개한 종족에게는 그런 치욕스러운 모습이 어울려! 크하하하!]

외계인은 몹시 만족스러워했다. 그리고 어이없게도, 만족한 외계인은 그대로 우주선을 돌려 지구를 떠나버렸다.

인류는 허탈했다. 분노했다. 그게 뭐라고? 단지 이마에 손을 올리게 하기 위해서 그 많은 도시를 파괴했단 말인가?

거기서 인류는 한 가지 사실을 유추해내었다.

우주에서는 이마에 손을 올리는 행위가 아주 굴욕적이고 치욕스러운 행위다.

그러자 한편에서는 다행이라는 의견과, 외계인을 향한 비웃음들이 터져 나왔다.

"저거 완전 머저리 아냐? 이마에 손이 뭐 어쨌다고?"

"킥킥! 멍청한 외계인! 지금 우리가 완전 치욕스러워하고 있다 생각할 거 아냐?"

"고작 그런 걸로 인간을 완전 정복했다고 생각하는 거야? 아이고~ 이런 거라면 백번도 해드릴 수 있는데!"

사람들은 대항할 수 없음에 느꼈던 무력감을, 멍청한 외계인을 마음껏 조롱하는 행위로 달랬다.
외계인은 이후에도 몇 달에 한 번씩 지구를 방문했다.

[크하하! 미개한 인간 종족들아! 모두 이마에 손을 올려라!]

그러면 인류는,

"아이고~ 네~ 네~ 알겠습니다~ 여부가 있겠습니까~"

모두들 이마에 손을 올려주었다.

[크하하하! 정말 너희들의 미개함에 딱 어울리는 모습이구나! 크하하하!]

사람들이 이마에 손을 올리기만 하면 외계인은 몹시 만족해하며 아무런 공격 없이 지구를 떠났고, 그럴 때마다 사람들은 외계인을 비웃었다.
그런데 점점 시간이 지날수록 이상 현상이 일어나기 시작했다.

처음에는 장난처럼 시작되었다.

"야, 또 지각이야? 너는 인마, 진짜 이마에 손 올리고 반성해야 돼! 킥킥!"

"앗! 죄송합니다! 미천한 제가 정말 큰 죄를 지었습니다! 얼른 손 올리겠습니다! 킥킥킥!"

"아! 미안 미안! 정말로 미안! 나 같은 건 이마에 손 좀 올려야 돼!"

"됐어, 오빠! 뭐하는 거야."

하지만 점점 시간이 흐를수록,

"야! 너 이마에 손 좀 올려봐!"

"뭐, 인마? 내가 왜 그래야 하는데, 이 새끼야?"

"야, 셔틀! 너 내 앞에선 항상 이마에 손 올리고 있으라고 했지? 이걸 확 그냥!"

"미, 미안해…"

"직업 비하 발언으로 물의를 일으킨 연예인 김 모 씨에게, 네티즌들이 이마에 손을 올릴 것을 요구하자, 김 모 씨는…"

인간이 같은 인간을 상대로, 외계인이 인간에게 하던 짓을 그대로 따라 하기 시작했다.

시간이 흐르면 흐를수록 어느새, 이마에 손을 올리는 행위는 정말로 치욕스러운 행위가 되어버렸다. 사람들은 이마에 손을 올리라는 말을, 가랑이 사이로 지나가라는 말만큼이나 치욕스럽게 받아들였다.

그러자 문제가 발생했다.

[크하하하! 오랜만이다, 이 미개한 인간들아! 죽기 싫으면 어서 이마에 손을 올려라!]

"크윽!"

그 전까지는 아무렇지도 않던 외계인의 명령이, 정말로 치욕스러워진 것이다.

[크하하하! 그렇지! 너희같이 하등한 종족에게 딱 어울리는 모습이야! 크하하하하!]

사람들은 이마에 손을 올리며 치욕스러움에 몸서리쳤다. 정말로, 외계인이 바라던 그 모습을 보여주게 된 것이다.
그렇게 되자, 사람들 사이에서 이런 목소리가 나왔다.

"더 이상은 외계인에게 굴복하지 않겠다! 다시 외계인이 오더라도 난 이마에 손을 올리지 않을 것이다!"

한두 명이 아니었다. 전 세계 곳곳에서 그 말에 동조하는 사람들이 나타났다.

그때부터 그들과 나머지 인류와의 끝없는 토론이 시작됐다.

"그러다가 외계인이 다시 공격을 하면 어쩌려고 그럽니까? 그냥 우리 모두 이마에 손을 올려야 합니다."

"이마에 손을 올리고 말고는 본인의 자유입니다! 모든 인간은 자유로울 권리가 있습니다! 우리는 절대 이마에 손을 올리지 않을 것입니다!"

옳은 말이었다. 인간 개개인은 모두 자유로울 권리가 있었다. 하지만 인류는 그들의 자유를 마냥 인정해줄 수 없었다.

"모든 자유에는 책임이 따릅니다! 당신들이 이마에 손을 올리지 않음으로 인해, 인류가 공격받게 된다면 그 책임을 어떻게 지려고 그럽니까?"

"그것이 왜 우리의 책임입니까? 모든 자유에는 책임이 따르는 게 맞습니다. 하지만 이 경우는 분명히 다릅니다. 본질을 정확히 바라보십시오. 인류가 공격받는다면 그것은 공격을 한 외계인의 잘못입니다. 왜 그 책임을 우리에게 전가하는 겁니까?"

"…"

곰곰이 생각해보면, 그들의 말이 옳았다. 외계인의 잘못이지,

절대 그들의 잘못이 아니었다. 그래서 현명한 사람들은 다른 식으로 말했다.

"인정합니다. 모두 맞는 말씀입니다. 그렇다면, 부탁을 드리겠습니다. 단순히 손을 한 번 올리기만 하면 모두가 완벽하게 안전할 수 있습니다. 모든 인류가 안심할 수 있도록 한 번만 도움을 주십시오. 이것은 절대 강요도 아니고, 자유를 억압하는 것도 아닙니다. 그저, 진심으로 드리는 부탁입니다."

현명한 사람들의 부탁에, 그들 중 일부는 수긍했다.

"알겠습니다. 인류를 위해 이마에 손을 올리겠습니다. 외계인에게 굴복하는 것이 아니라, 인류를 사랑하는 마음으로 말입니다."

그렇지만 모두가 그런 건 아니었다.

"말만 바꿨지, 결국은 개인의 자유를 억압하는 것 아닙니까? 강요는 아니라고 했습니까? 그렇다면 저는 이마에 손을 올리지 않겠습니다! 그것은 제가 가진 자유이자 권리니까 절대 강요하지 마시길 바랍니다!"

인류는 답답했다. 그들과 대화를 하면 할수록 서로 감정만 상할 뿐, 해결 방법은 나오지 않았다. 그들의 의지를 절대 꺾을 수 없었다. 게다가 인류가 더욱 짜증이 났던 이유는, 그들의 말이 모두 옳았기 때문이었다. 그들을 강제하는 것은 탄압이 될 수밖에 없었다.

그들의 주장대로, 인간이 가진 자유는 무슨 일이 있어도 반드시 지켜져야 했다.

하지만 그 무슨 일이란 게 인류의 멸망이라면? 그게 아니더라도 무수히 많은 인간들이 죽게 된다면? 그것이 외계인의 죄인 건 분명하지만, 사람들은 그들을 원망할 수밖에 없었다.

토론이 극단적으로 변해, 과연 인류에게 더 중요한 것이 자유인지, 아니면 종족 보존인지를 두고 한바탕 이야기하려던 차에 누군가 제안했다.

"외계인이 공격하려 할 때, 선별해서 죽여달라고 부탁하는 것에 대해선 어떻게 생각하십니까? 이마에 손을 올리지 않은 사람들만을 공격해달라고 말입니다."

"뭐라고?"

"전 세계 어디든 인간이 있는 곳에 홀로그램을 띄울 수 있는 외계인의 기술이라면, 충분히 가능할 것 같습니다. 만약 외계인이 이마에 손을 올리지 않은 사람들 때문에 화를 낸다면, 외계인에게 빌어봅시다. 이마에 손을 올리지 않은 이들만을 공격하고, 나머지 인간들은 용서해달라고."

"그 무슨 굴욕적인!"

"자존심보다는 생명이 먼저 아닙니까."

인류는 이 제안에 대해 진지하게 생각했다. 곧 결정을 내린 인류는 그들을 향해 물었다.

"저희는 공식적으로 저 제안을 채용하려 합니다. 만약 외계인이 공격을 하려 한다면, 이마에 손을 올린 사람들은 살려달라, 이마에 손을 올리지 않은 사람들은 어떻게 되든 상관없다, 이렇게 주장할 것입니다. 어떻게 생각하십니까?"

"그게 무슨 말도 안 되는! 그건 살인 행위나 다름없지 않습니까!"

"왜 그게 살인입니까? 당신들을 죽일 외계인의 살인이지, 살기 위해 빌었던 사람들의 살인은 아니지 않습니까?"

"…"

"자유에는 책임이 따르고, 그 책임은 온전히 본인이 져야 합니다. 다른 이들과 함께 나눠 질 수 없습니다. 당신들의 자유를, 인류가 함께 책임질 이유는 전혀 없습니다."

"…"

더 이상의 토론은 없었다. 두 쪽의 주장이 모두 옳았다. 개인의 자유를 보장하는 것도 옳았고, 그 책임을 개인이 온전히 지는 것도 옳았다.

이제 사람들이 궁금한 건 하나였다. 외계인이 다시 왔을 때, 그들은 과연?

[크하하하! 이 미개한 종족들아! 어서, 모두 이마에 손을 올려라!]

"…"

사람들은 이마에 손을 올렸다. 하지만 사람들 모두가 손을 올렸는지는 알 수 없었다.

다만, 외계인은 아무런 피해도 주지 않고 지구를 떠났다.
세상은 조용했다.

우주 시대의 환율

우주선에서 내린 외계인의 외형은 인간을 닮아 있었다. 피부색이나 머리카락 같은 부분이야 다르지만, 전체적으로 그랬다.

벌써 잔뜩 경계하고 있는 사람들을 보며, 그는 머리 앞에 작은 기계장치 하나를 띄웠다.

[아. 아. 번역기 테스트. 번역기 테스트. 들리십니까, 지구인 여러분? 그렇게 경계하실 필요 없습니다. 저는 나쁜 목적으로 찾아온 것이 아닙니다.]

다섯 시간 전에 UFO가 도시 상공에 등장했을 때부터 주목하고 있었던 사람들은, 다행히 대화의 여지가 있음에 안심했다.

여러 가능성을 대비해서 진작부터 대기하고 있던 외교 대표가 대화에 나섰다.

“지구에 오신 것을 환영합니다. 첫 번째로 지구에 방문한 외계인이십니다.”

[아, 그렇습니까? 보람이 있군요!]

“예. 그런데, 지구에는 어쩐 일로?”

[휴우~ 근데 이거 참, 날씨가 무척 덥군요! 여름입니까?]

외계인은 외교 대표의 질문에 대답하지 않고, 기계장치 하나를 더 꺼내어 머리 위로 띄웠다. 그러자, 그의 머리 위로 구름이 생겨나더니 주변으로 바람이 불기 시작했다.

“오오오…”

지켜보던 사람들은 그 모습에 무척 신기해했다.
외계인이 다시 기계장치 하나를 바닥으로 떨어뜨리자, 무빙워크가 깔리며 외계인을 인간 대표의 앞까지 빠르게 이동시켰다. 물론 머리 위의 구름도 그를 따라다녔다.
그는 대표의 앞에서 태블릿 같은 기계장치를 꺼내 들며 그제야 질문에 대답했다.

[예, 제가 지구에 방문한 목적은 다름이 아니라 지구인들과… 응? 어라?]

갑자기 말을 중단한 외계인의 눈썹이 꿈틀했다. 태블릿을 보며 고개를 갸웃하는 외계인.

[뭐야? 화폐 통일이 안 됐잖아?]

"예?"

외계인이 어이없다는 듯 얼굴을 찡그렸다.

[아니, 지구는 화폐 통일이 안 되어 있습니까? 그러면 환율을 적용하지 못하는데? 거참, 요즘 시대에도 화폐가 통일되지 않은 별이 있다니…]

"화폐 통일이라니요?"

[화폐가 통일되어 있어야 우주 환율을 적용할 것 아닙니까? 지금 지구의 화폐는 우주에서 무용지물입니다! 이래서는 지구로 관광은 물론이고, 무역업자들도 찾아오질 않을 텐데. 쯧…]

외계인은 고개를 두어 번 흔들더니, 태블릿을 집어넣었다.

[어렵게 찾아왔는데 이거 참… 아쉽게 됐습니다. 쩝. 저는 그럼 이만!]

너무 쉽게 돌아서는 외계인.

사람들은 웅성거렸고, 대표도 다급해졌다. 순간, 빠르게 머리를 굴린 대표가 자기도 모르게 소리쳤다.

"자, 잠깐만요! 3년! 3년 뒤에 다시 방문해주십시오! 부탁드립니다! 3년 뒤에 다시 방문해주십시오!"

[음… 지구 시간으로 3년입니까? 알겠습니다. 스케줄에 넣어놓겠습니다.]

마지막 인사를 한 뒤, 우주선으로 돌아가는 외계인. 사람들은 순식간에 사라지는 UFO를 멍하게 바라보았다.

외계인의 방문은 인류에게 큰 충격을 주었다. 그와의 대화 마디마디가 정밀하게 분석되었는데, 환율, 화폐 통일, 지구 관광, 무역… 그런 단어들이 인류의 마음을 급하게 했다. 우주적으로 본다면 지구는 정말 개발도상국이었다.

당연한 순서로, 화폐 통일을 주장하는 이들이 늘어났다.

만약 우주와 무역을 할 수 있다면 얼마나 어마어마한 발전을 이룰 수 있겠는가? 과학기술은 물론이고, 온갖 불치병들을 치료할 수도 있을 것 같고. 다시 젊어지는 것조차 가능할지도 모른다.

처음에 사람들은 외교 대표의 독단적인 판단을 욕했지만, 나중에 가서는 인류 역사에 길이 남을 만한 한 수를 던진 위인으로 기록하려 했다.

"3년! 겨우 얻어낸 이 3년 안에 무조건 화폐를 통일해야 합니다!"

"경제 관계 따지지 말고 무조건 통일합시다! 지금은 국가 간에 눈치나 보고 있을 시간이 없단 말입니다!"

이미 화폐 통일론은 전 지구적인 흐름이었고, 어느 국가도 반대할 수 없었다. 행여 반대했다가는, 기존 화폐의 가치가 사장될 테니까.

시간이 없는 만큼, 헛된 힘겨루기나 눈치 싸움은 최대한 간소화되었다. 물론 본인들 국가의 이익을 위해 필사적으로 협상하긴 했지만, 일정을 질질 끌거나 공작을 하는 일은 없었다.

그 이유는 생각 외로 단순했다. 인류가 전체적으로 하나가 되어가고 있었기 때문이다. 우주 외세의 발견은 인류가 지구인이라는 소속감에 눈뜨게 해주었다. 전 세계 빅데이터에서 지구인이라는 단어의 사용 빈도가 매우 높아진 것만 봐도 알 수 있었다.

어떤 나라는 조금 손해를 보고, 어떤 나라는 조금 도움을 받기도 하면서, 지구의 화폐는 통일되었다. 급히 진행된 만큼 진통도 컸지만, 의외의 효과도 많았다. 국가 간의 관계가 눈에 띄게 완화되었으며, 유통 촉진으로 인한 부흥도 기대되었다.

그리고, 드디어 약속한 3년째 되는 날. 전 세계의 눈이 주시하는 가운데 외계인의 우주선이 지구를 재방문했다.

"왔다! 정말 다시 왔어!"
"오오오! 어서 꽃다발을 들고 환영 연주를 준비해!"

완벽하게 준비되어 있던 환영 행사가 외계인을 맞이했다.
각계각층의 인사들로 철저하게 구성된 지구 대표단이 예의를 갖춰 그가 우주선에서 내리길 기다렸다. 대표단 선두에는 3년 발언의 대표가 서서 우주선을 향해 밝은 미소를 짓고 있었다.

[오오~]

외계인은 환영 행사에 감탄하며 우주선에서 내렸다. 저번과 같이, 얼굴 앞에 기계장치를 띄운 외계인은 흥분된 목소리로 인사했다.

[이렇게나 환영해주시다니, 정말 감사합니다!]

그때 얼른 대표가 나서서 정중히 인사를 했고, 그를 기억해낸 외계인도 인사를 받았다.

“지구에 다시 오신 걸, 진심으로 환영합니다.”

[아! 반갑습니다. 또 뵙는군요.]

만면에 미소가 가득한 양측의 분위기는 훈훈했다.

곧, 태블릿 같은 장치를 꺼낸 외계인이 감탄사를 터트렸다.

[놀랍습니다. 정말로 3년 만에 화폐를 통일하셨군요! 화폐 단위의 이름이 복입니까?]

“예, 그렇습니다.”

자긍심이 가득한 대표의 얼굴. 고개를 끄덕인 외계인이 태블릿을 들여다보며 무언가를 계산했다.

[보자~ 대충 환율을 적용해보면… 1133복 당 1나르 정도 되는군요. 축하드립니다! 이제 지구의 화폐도 우주에서 통용 가치를 가지게 되었습니다!]

“으음… 1나르?”

단위를 몰라 애매하게 미간을 찌푸리는 대표단이었지만, 얼핏 들어도 지구 화폐의 가치가 매우 낮다는 건 알 수 있었다. 현재 지구에서 1133복이면 빅맥 세트를 스무 개는 살 수 있었다.

그때, 대표가 눈치 빠르게 물었다.

"지금 쓰고 계신 그 번역기는 얼마 정도 합니까?"

[아, 이거 말씀이십니까? 하하. 싸구렵니다. 대충 10나르 정도?]

"오오오!"

보고 있던 사람들의 얼굴에 화색이 돌았다. 저런 최첨단 기기의 가격이 그 정도라면야!

[자, 그럼, 이제 화폐도 통일하셨으니…]

외계인은 손에 든 태블릿을 거대하게 확장하더니 허공으로 띄웠다. 펼쳐지는 입체 영상을 본 사람들은 기대로 눈을 반짝거렸다.

어떤 진귀한 물건들을 보여줄까? 저번의 구름 생성기 같은 신기한 물건이 가득할까? 거래 즉시 우주선에서 재고품을 가져다주는 걸까?

"?"

펼쳐진 영상에는 회색의 거인이 서 있었다.

"음… 저게 무엇입니까? 로봇입니까?"

[로봇이라니요!]

대표의 말에 펄쩍 뛴 외계인이, 자세를 달리하며 정색하고 말했다.

[저희 종교의 신, 간다 님이십니다!]

"신?"

순간, 양팔을 넓게 펼치고 목소리를 높이는 외계인.

[이젠, 지구인 여러분도 간다 님과 함께하실 때가 됐습니다! 저희 간다교는 전 우주적으로 뿌리 깊은…]

"…"

인류는 할 말을 잃었다.

외계인은 열성적으로 자신의 종교를 전파했다. 목이 터져라 간다교의 믿음을 설파했다.

[간다 님을 믿으면 마음의 평온을 얻을 수 있고! 간다 님을 믿으면 죽어서도 영혼의 안식을 얻을 수 있습니다! 이젠, 지구인 여러분도…]

그는 참 일 잘하는 종교인이었다. 지금도, 3년 전에도.

대표는 묻고 싶었다. 왜 지금인지, 왜 3년 전에는 그냥 갔었는지. 대답이야 뻔하겠지만.

재산이 많은 것을 숨길 수 없는 세상

[지구의 문명은 왜 이렇게 야만적인가? 재산이 얼마나 있는지 숨겨선 안 된다!]

지구를 방문한 외계인은 쓸데없이 오지랖이 넓었고, 자기 별의 선진 문명을 지구에도 흩뿌리고 떠났다.

그 결과,

"어어어어?"

"우아아악! 거인이다!"

사람들이 거대해졌다. 정확히 말하자면, 재산이 많은 사람들이 거대해졌다.

세계적인 대부호들은 커다란 아파트만큼 거대해졌고, 웬만한 연예인들도 빌라 하나만큼씩은 거대해졌다.

거인이 된 부자들 때문에 건물들이 무너지고, 사람들이 다치고, 죽고, 세계가 대혼란에 빠졌다.

세상에 전혀 알려지지 않았던 사람이 어마어마한 크기로 나타나는가 하면, 거인이 된 갓난아기의 울음소리에 귀를 틀어막아야 하기도 했다.

겨우 혼란을 수습한 사람들은, 부자들이 재산의 크기만큼 거대해졌다는 사실을 알게 되었다. 일반적인 중산층 정도까지는 괜찮았지만, 부자라 부를 만한 정도가 되면 단계적으로 거대해졌던 것이다.

몸이 거대해질수록 부자들은 당황했다.

당장 몸 둘 곳조차 마땅치 않았던 그들은 노숙을 해야 했고, 밥 한 끼를 먹으려면 창고 하나는 털어야 했다. 소변을 보면 강물처럼 흘렀고, 대변은 입이 떡 벌어질 만큼 혐오스러웠다. 평범한 사람들과의 소통도 불편했고, 옷이든 신발이든 스마트폰이든, 현대 문명의 그 어떤 것도 누릴 수 없었다.

그중에서도 그들을 가장 괴롭힌 것은, 사람들의 구경거리 신세가 됐다는 점이었다.

"재산이 얼마나 많았으면 저렇게 거대해졌을까?"

"저 콧구멍 좀 봐봐! 동굴이네!"

"야! 너희들 ○○ 노출됐을 때 사진 봤냐? 완전 빅○○ 다! 크크큭!"

"으~ 모공이 너무 징그럽다!"

절대다수의 평범한 사람들은 부자들을 신기하게 구경했다. 10미터만 넘어도 괴물처럼 보였다. 실제로, 괴물 같은 사고도 많았다.

거인들은 단지 누워서 잠을 자는 것만으로 일대를 초토화했고, 그들의 배설물은 주변을 오염시켰다.

입이라도 열면 그 소리에 고막이 아플 지경이었고, 그들이 짜증을 못 이겨 흔든 손짓 한 번에도 건물이 무너졌다.

말 그대로 숨만 쉬어도 민폐인 그들의 주변에는 사람들이 다가갈 수가 없었다.

웬만한 연예인들은 모두 거대해져서 미디어 출연이 불가능해졌고, 기업인들도 업무를 볼 상황이 되지 않았다.

돈은 많으니, 그 재력을 이용해 빠르게 천막을 세우고 옷과 신발을 만드는 등의 노력을 했지만, 어림도 없었다. 그들은 다시 일상으로 돌아갈 수 없었다.

그 와중에 특이한 것은, 2~3미터 정도로 애매하게 커진 사람들이 스왜그를 뽐내게 됐다는 점이었다.

그들은 불편하기는 해도 문명권 생활이 가능했는데, 실제 그들을 마주한 사람들은 엄청난 위압감을 느꼈다. 아예 비현실적으로 큰 거인들보다는 현실적으로 큰 그들의 모습이 더 강렬했던 것이다. 사람들은 적당히 커진 그들을 우러러보며 동경했다.

그래서 적당한 부자들은, 그나마 빠르게 안정을 되찾았다.

반면, 10미터가 넘어가는 큰 부자들은 하루하루가 지옥 같았다. 의식주는 물론이고, 취미와 일, 사람들과의 교류나 성생활까지 가능한 게 없었다.

사람들은 외계인의 문명이 어떤 양상을 보이고 있을지, 얼핏 알 것 같았다.

"재산이 많으면 많을수록, 사회에서 소외되는구나!"

아닌 게 아니라,

[제 재산을 사회에 모두 환원하겠습니다!]

아파트만큼 거대했던 부자가 기부로 재산을 줄이자, 곧바로 몸이 작아졌다. 그 기부금이 빼돌려지는 일도 없었다. 그런 사람이 있었다간 순식간에 거대해져서 티가 날 테니까.

거인 생활을 견디지 못한 부자들이 줄줄이 재산을 기부했다. 그래도 2~3미터를 유지한 그들은 아직 부자였다.

2~3미터가 그들의 적정선이 되었고, 부자들은 그 정도의 재산을 남기고는 나머지를 모두 사회에 환원했다.

물론, 모든 부자가 그렇진 않았다.

[흥! 어차피 이 세상에 돈으로 안 되는 건 없어! 소외된다고? 거인들끼리 모이면 될 것 아닌가!]

그들은 어마어마한 재력을 바탕으로 거인 전용 집을 쌓아 올리고, 거인 전용 식품과 옷가지, 생활용품을 제작하기 시작했다.

하지만 그들조차도 도중에 포기하는 이들이 많았다. 한곳에 갇혀 감옥 같은 생활을 해야 한다는 것은 생각보다 괴로운 일이었다.

미식, 드라이브, 스포츠, 술자리, 문화생활, 성생활 등 포기해야 할 것도 너무 많았다.

거인들끼리 모여서 산다는 것도 현실성이 없는 얘기였다. 거기까지 모일 이동 수단도 없었고, 모인다 한들 서로 간에도 수십 미터씩 크기 차이가 났다.

결국, 극소수의 부자를 제외하고는 모두 재산을 사회에 환원했다.

그러자 사회에 돈이 넘쳐나기 시작했다. 그 액수는 상상도 못 할 정도로 놀라웠다.

기부를 하며 뒤로 수작을 부리려는 사람도 없었다. 모든 기부가 진짜 기부였고, 물론 그 돈으로 자신의 배를 불리려는 사람도 없었다. 그랬다간 단박에 티가 나니까.

그 돈은 모두 옳은 일에 쓰였고, 전 인류에게 혜택이 고르게 돌아갔다. 그 혜택 중에는 2~3미터 부자들을 위한 것들이 많았다.

도로나 문 등 기존 시스템을 2~3미터에 맞추는 정도라면 사회에서도 받아들일 수 있었다.

실제로 2~3미터 거인들은 동경의 대상이 되었다. TV에 출연하는 연예인들 대부분이 2~3미터였고, 사람들의 꿈도 2~3미터 정도의 부자가 되는 것이었다.

그 이상은 욕을 먹었다. 5미터만 넘어가도 손가락질당하는 풍조가 생겼다. 사람들은 아무리 돈을 많이 벌어도 스스로 재산을 조절했다.

전체적으로 봤을 때 세상은 분명히 좋아졌지만, 이런저런 이야기는 나왔다.

"돈이 많다는 이유만으로 불이익을 당해야 한다는 게 얼마나 황당한 이야기입니까?"

"어차피 다 뺏길 돈이라면, 누가 열심히 살겠는가? 말도 안 되는 일이다!"

"명백한 불평등입니다!"

그들의 말은 옳았지만, 대부분의 사람들은 그러든 말든 상관없다고 생각했다. 외계인의 짓이라 어쩔 수 없기도 했고, 실제로 거인 상태를 유지하는 부자들도 있었으니까.

"그동안 우리는 인간관계를 너무 당연하게 생각했습니다. 사회에서 사람들과 어울리는 데 드는 비용이 그만큼이나 크다고 생각합시다. 재산이라는 것도 무인도가 아닌 사회 속에서나 그 의미가 있는 겁니다."

이러니저러니 해도, 부의 균형은 이루어졌다. 1퍼센트의 사람들이 90퍼센트의 부를 소유하던 세상은 더 이상 존재하지 않았다.

시간이 흐르고 흘러, 사람들의 심리적 마지노선이 5미터까지 올라갈 정도로 세상이 바뀌었을 때.
낯선 외계인들이 지구를 방문했다.

[지구는 정말 훌륭한 사회가 됐군요! 저희는 지구로의 이민을 신청합니다.]

"엥?"

우주선에서 내린 외계인들의 크기는 하나같이 3미터였다.
그리고 지구는 3미터 크기의 사람들이 편하게 생활할 수 있는 모든 제반 시설이 갖추어져 있었다.

⋮

보너스 트랙 : 거인의 난동

"꺄아아악!"

술에 취한 미친 거인의 난동으로 도심은 아수라장이 되었다.

[이 크기야말로 내가 우월하다는 증거다! 이 버러지 같은 것들! 왜 내가 너희들의 눈치를 봐야 하지?]

쾅! 쾅쾅! 쾅!

[난 내 마음대로 어디든 갈 수 있다고! 이 버러지들아!]

그는 자신의 거대함을 만끽하며 거침없이 팔다리를 휘둘러댔다. 타워만큼 거대한 그를 제압할 수단이 없었다.
수많은 사상자가 발생해도 그는 상관하지 않았다. 어차피 저들과 자신은 급이 다르니까. 그는 날뛸수록 기분이 좋아졌다.

[크하하하! 그래! 거대함이 곧 힘이다! 이건 내 권력이라고! 너희 같은 가난한 쓰레기들과는 다르다! 죽기 싫으면 다 비켜라!]

콰광!

“꺄아아악!”

군대라도 도착해야 그의 난동을 멈출 수 있을 것 같았다. 출동한 경찰도, 소방관도 그를 막을 수 없었다. 오히려 그를 자극해서 큰 피해를 보기만 했다.

괴수 영화처럼 도심에 미사일을 쏠 수도 없었고, 영웅들이 나타나서 물리쳐주지도 않았다.

[누구도 나를 막을 수 없다! 크하하하!]

그 말대로 누구도 그의 난동을 멈출 수 없을 것 같던 그때.

양복 차림의 왜소한 사내가 그를 막아섰다. 그의 손에는 권총 같은 무기 대신 서류가 하나 들려 있었다.

“두석규 회장! 도심을 파괴하고 수많은 피해를 준 당신을 긴급체포합니다!”

[개소리!]

거인이 비웃으며 그를 향해 발을 디디려던 그때,

"당신의 모든 재산은 지금 막 국가에 압류되었음을 선포합니다!"

거인의 몸이 순식간에 줄어들었다.

"어어어?"

평범하게 작아진 그는 당황하여 주변을 둘러보았다.

그의 눈에 수많은 사람들의 시선이 느껴졌다. 자신을 죽일 듯이 노려보며 다가오는 이들의 시선이.

그러거나 말거나, 그는 외쳤다.

"내, 내 돈! 내 돈! 내 돈!"

초짜 악마와의 거래

"씨발! 돈이 뭐라고!"

반지하 자취방 벽에 등을 기대고 앉은 20대 청년 김남우가, 소주를 병나발로 마시며 한탄했다. 결국, 돈 때문에 여자 친구가 떠났다. 가난이 뭔지, 돈이 뭔지, 죽어버리고만 싶었다.

그때, 기적처럼,

[괴로운가, 인간?]

"?"

김남우의 눈앞에, 검은 양복의 사내가 나타났다.

“뭐, 뭐야, 너?”

[난 악마다.]

김남우가 보기에도 그는 정말 악마인 것 같았다. 겉모습은 인간과 같았지만, 인간과 다른 이질감이 느껴졌다.

악마는 공포에 질린 김남우를 무표정하게 내려다보며, 위압감 있는 톤으로 말했다.

[나와 계약을 하지, 인간! 네가 원하는 모든 것을 이루어주지! 대신 그 대가는, 너의 영혼이다!]

김남우는 여전히 놀란 상태로 아무 말도 하지 못했다. 무표정하게 자기를 내려다보는 악마의 얼굴이 너무나 무서웠다.

그런데 악마의 얼굴이 조금씩, 부들부들 떨리더니 순간,

[…후아!]

참았던 숨을 내뱉으며, 위압감을 내려놓았다. 그러고는 갑자기 울상을 지으며, 아까와는 전혀 다른 톤으로 말하는 게 아닌가.

[으~ 떨려! 너, 집에 우황청심환 같은 거 없어? 으~ 심장 떨려 죽

겠네!]

김남우의 눈이 다른 의미로 동그래졌다. 악마가 웬 우황청심환을?

악마는 떨리는 손을 주무르며 주절대기 시작했다. 그 모습에는 전혀, 위압감이 없었다.

[처음이야! 난 계약이 처음이라고! 으~ 떨려죽겠네! 실제로 인간을 보는 것도 네가 처음인데, 첫 계약을 잘 성공해야 제대로 된 악마 활동을 할 수 있단 말이야! 근데 너무 떨려! 어쩌지? 첫 계약에 성공해서 네 영혼을 잘 거둬 가야 하는데… 내가 잘할 수 있을까? 응? 어때? 내가 잘할 수 있을까?]

"…"

김남우는 왠지, 긴장감이 조금 풀려버렸다. 악마는 심지어, 바닥에 주저앉아 양손으로 얼굴을 쓸어내리며 긴장감을 떨치려 애썼다.

[어으~ 진정이 안 되네, 진짜! 자신감을 가져야 하는데… 후~ 할 수 있다. 할 수 있다. 할 수 있다…]

"…저기."

[어? 어, 어어! 그래! 원하는 거 생각났어? 뭐든지 말만 해! 다 들어줄 테니까, 나중에 너 죽을 때 영혼만 잘 내놔줘. 으아~ 잘해야 하는데! 잘할 수 있겠지? 제대로 영혼을 거둬 갈 수 있겠지? 응? 잘할 수 있겠지? 아이고, 미치겠네.]

"…"

악마는 김남우가 말할 틈도 주지 않고, 혼자 떠들며 떨고 있었다.

김남우는 긴장이 완전히 풀려버렸고, 그러자 오히려 해야 할 말이 선명하게 떠올랐다. 김남우는 대담하게도, 혼잣말을 하고 있는 악마의 어깨를 톡톡 건드리며 물었다.

"정말 뭐든지 이뤄줍니까? 예를 들면 일확천금 같은…"

[돈? 얼마든지! 돈을 원하는 거야? 돈이야? 돈만 있으면 돼?]

악마의 상태가 과하게 격앙된 듯했지만, 김남우는 고개를 끄덕거렸다.

"예. 돈입니다. 돈만 있었어도 내가 이렇게 살지는 않았을 텐데…"

[잘됐네! 그럼 내가 너에게 돈을 줄 테니, 넌 죽을 때 네 영혼을 줘! 계약하자! 하는 거지?]

김남우는 비장한 얼굴로 다시 한 번 확인했다.

"정말로 제게 돈을 주실 수 있습니까? 한두 푼이 아니라 몇십, 몇백억을 주실 수 있습니까? 그렇다면 저는 제 영혼 따위 얼마든지 팔아넘길 수 있습니다! 그깟 영혼 따위보다, 저는 지금 살고 있는 이 현실에서의 돈 몇 푼이…"

[한다고? 한다고 했지? 한 거다, 너? 우리 이제 계약한 거야! 너랑 나랑, 악마랑 인간이랑 계약을 한 거야, 지금! 좋아! 드디어 내가 첫 계약을 맺었어!]

"…"

비장했던 김남우의 말은 듣지도 않고 있던 악마가, 호들갑을 떨며 벌떡 일어났다. 곧, 손등을 김남우 쪽으로 내밀자, 악마의 손등에 금빛 별 문양이 떠올랐다.

"읏!"

김남우도 손등에 따끔한 통증을 느껴 손을 들어 올렸다. 그의 손등에도 금빛 별 문양이 밝게 빛났다가, 티 나지 않을 만큼 희미한 자국으로 수그러들고 있었다.

김남우가 놀라 악마를 보니, 악마는 큰일을 해냈다는 듯한 미소로 중얼거리고 있었다.

[휴~ 됐어, 됐어! 별거 아니잖아? 난 잘할 줄 알았어!]

"아니, 저기 그럼, 이제 어떻게…"

[네 소원은 이루어질 거야! 그럼, 나중에 너 죽고 나서 다시 찾아올게! 돈 많은 인생을 맘껏 즐겨!]

"아, 아니, 제대로 설명이라도…"

김남우의 외침이 허무하게도, 악마는 이미 사라진 상태였다.

"…"

김남우는 조금 당황했지만, 심장이 두근거리기 시작했다. 아까까지만 해도 돈 때문에 죽고 싶었는데, 이제는 돈 덕분에 살맛 나는 인생이 펼쳐질지도 몰랐다.

김남우의 상기된 얼굴에 혈색이 돌기 시작했다.

⋮

"…도대체 어떻게 돈을 준다는 거야?"

며칠째 아무 일도 없었다. 김남우는 여전히 편의점 알바로 힘들게 일하고 있었고, 돈이 없어 삼각 김밥으로 식사를 때우고 있었다.

그동안 좋은 소식이라고는, 5만 원을 빌려 간 뒤 연락 한번 없던 최무정의 전화가 다였다. 돈을 갚겠다며 지금 바로 만나자는 전화.

약속 장소에 나타난 최무정은 김남우를 보자마자 다짜고짜 이렇게 말했다.

"네 돈 5만 원! 내가 두 배로 갚을게! 그 대신에… 나 서울까지 갈 차비 좀 빌려줘라!"

"뭐, 인마?"

김남우는 짜증이 확 솟구쳤다. 이 새끼는 도대체 어떻게 생겨먹은 놈인 것인지, 쌍욕이 튀어나오려 했다.

"너한테만 하는 말인데… 나 로또 일등 됐어!"

"뭐, 뭐?"

최무정은 지갑에서 로또 종이를 꺼내 보여주더니, 스마트폰으로 번호를 확인시켜주었다. 김남우의 동공이 더할 나위 없이 커졌다.

"지, 진짜 일등!"

"그래! 그러니까, 나 서울 갈 차비 좀 빌려줘! 급해죽겠는데, 너밖에 빌릴 사람이 없더라고!"

순간, 김남우가 심각해진 표정으로 조용히 물었다.

"너 혹시… 악마랑 계약했어?"

"무슨 개소리야? 빨리 차비나 좀 빌려줘! 나 지금 급해죽겠단 말이야!"

"…야, 이 새끼야! 나도 지금 거지야!"

짜증을 내면서도, 김남우의 머릿속은 온통 한 가지 생각으로 가득했다.

로또를 해야 하는구나.

⋮

"5만 원?"

김남우가 손에 든 로또 종이의 번호를 확인했다. 네 개 일치. 4등. 당연히 일등이 될 줄 알고 일주일을 행복하게 살았던 김남우는 당황했다.

"이거, 뭐 하자는 거야?"

이상했다. 물론 5만 원도 처음 받아보는 금액이긴 했지만, 왜? 왜 일등이 아니고 5만 원일까?

김남우는 무심코 본인의 손등을 살펴봤다. 별 문양이 보이질 않았다. 그 순간, 의심이 갔다.

혹시… 내가 술에 취해 꿈을 꾼 걸까? 계약이니 악마니, 다 꿈인 건가?

김남우는 눈살을 찌푸렸다. 꿈이라기엔 너무나 선명한 기억이었다. 그럼 왜, 아직까지도 아무런 소식이 없는 걸까?

긴가민가했다. 착각일까, 아닐까. 착각일까, 아닐까.

김남우는 5만 원이 당첨된 로또 종이를 내려다보며 고민했다. 이 돈으로 다시 로또를 할까, 아니면 그냥 돈으로 바꿀까.

김남우에게 5만 원은 큰돈이었다. 쌀을 산다면 한 달은 먹고 살 수 있었다.

김남우는 지금 이 순간이 중요한 선택의 기로처럼 느껴졌다.

다시 한 번 환상 같은 기억을 믿고 일확천금을 노려볼까, 아니면 현실적으로 쌀을 사서 한 달을 버텨볼까.

갈등하던 김남우는 결국…

"에잇, 쌀이나 사자."

가난한 이들의 선택은 항상 그랬다. 라면 한 박스든 쌀 한 포대든, 집에 먹을 걸 채워두는 것만으로도 마음이 든든해지는 것이었다.

김남우는 결국, 당첨금을 받아 쌀을 사러 갔다.

⋮

"역시, 개꿈이었어."

일당을 받기로 하고 이삿짐센터 일을 하다가 잠시 쉬고 있던 김남우가, 자기 손등을 내려다보며 중얼거렸다. 별 문양 따윈 보이지 않고, 이마의 땀을 닦아낸 흔적만 남아 있었다.

악마와의 계약 같은 건 역시 꿈이라 생각했다. 그때 일이 정말이었다면, 한 달이 넘도록 김남우가 이 모양 이 꼴로 가난하게 살고 있을 리 없었다.

김남우가 피식 웃고 있는데, 멀리서 센터 사장님의 목소리가 들렸다.

"어이! 국수 먹으러 올라와. 국수 차려주셨어."

"아, 예! 국수 좋죠!"

김남우의 얼굴이 밝아졌다. 국수는 맛있으니까.

⋮

"열심히 살았어. 최선을 다했고. 아쉽지만, 열심히 살았어."

김남우는 본인의 시체를 내려다보며 씁쓸하게 웃었다. 사고로 죽을 줄은 몰랐다. 죽는다면 암 같은 병 때문일 거라고 막연히 생각했는데, 차 사고라니. 아내와 자식들이 받을 충격을 생각하니, 마음이 아팠다.

그래도 후회하진 않았다. 열심히 살았으니까. 김남우는 억지로라도 웃었다. 44년 인생, 정말 열심히 살았고, 없이 시작해서 많은 걸 일궈냈고, 또 많은 걸 남긴 세월이었다. 그때,

[야! 이 병신아!]

"응?"

김남우의 눈앞에, 악마가 씩씩대며 나타났다.

"누구신지?"

[이 병신이 진짜!]

악마가 씩씩대며 손등을 앞으로 내밀자,

"읏!"

김남우의 손등이 따끔해졌다. 곧, 자기 손등에 드러난 별 문양을 본 김남우가 말했다.

"아… 아아! 당신?"

[이제야 기억나냐, 이 병신아? 너 때문에 진짜 내가! 아으!]

뭐가 그리 화가 나는지, 몹시 흥분해서 이를 갈고 있는 악마를 보며, 김남우는 눈살을 찌푸렸다. 그리고 머릿속 옛 기억이 정리되자, 오히려 화를 낼 사람은 본인이라는 게 떠올랐다.

"마, 맞아! 이봐! 넌 분명 내게, 일확천금을 안겨준다고 하지 않았어?"

[다 줬잖아, 이 병신아! 내가 너한테 몇 번이나 기회를 줬는지 알아?]

그 순간, 김남우가 울컥, 폭발했다.

“무슨 개소리야? 기회? 개뿔! 내가 평생 얼마나 개고생을 했는지 알아? 죽을 때까지도 내 집 하나 마련을 못 했다고! 난 평생 공돈 한번 주운 적 없어! 다 이 몸으로 열심히 뛰어서 먹고살았다고!”

김남우는 정말 어이가 없었다. 평생 요령 없이, 얼마나 노력하며 살아왔던가? 근데 자기가 뭘 해줬다고?

[이 병신이? 내가 하나하나 다 말해줘? 야! 너 친구가 로또 일등됐다고 자랑한 적 있지?]

“어~ 그래! 무정이 새끼! 그래, 있었다! 그게 왜?”

[이 병신아! 그때 로또 종이를 뺏어서 튀었어야지!]

“…뭐?”

김남우의 표정이 멍청해졌다.

[그것뿐인 줄 알아? 너 은행 갔을 때! 그때 웬 할머니가 보이스피싱당할 뻔한 거, 네가 가르쳐줬었지? 그때 그 할머니를 속여서, 통장을 빼돌렸어야지! 그 할머니가 평생 김밥 팔아 모은 돈이 몇억인데!]

"…뭐?"

[너 그리고, 길 잃은 꼬맹이 하나, 경찰서에 데려가서 부모님 찾아준 적 있지? 그 애가 부잣집 외동딸이었다고! 납치해서 돈을 요구했어야지! 몇십억은 뜯어낼 수 있었는데, 이 병신아!]

"…"

[너 그리고 현금수송 차량 사고 났을 때, 119에 신고했지? 이 병신! 그리고 너, 돈 많은 할머니가 너 좋다고 쫓아다녔었지? 일단 결혼하고 죽였어야지! 그리고 너…]

"…"

김남우가 세상에서 제일 황당한 이야기를 들은 듯 어처구니없다는 표정을 지었다. 악마가 주절대는 어이없는 기회들을 듣다가 듣다가 참지 못하고,

"야! 이 씨발 새끼야!"

[응?]

"장난쳐, 이 새끼야? 그게 소원을 이루어주는 거야? 이… 이! 너 이 새끼, 악마 맞아? 무슨 악마가 그래? 돈을 그렇게 만들어 주는 게 어딨어, 이 새끼야!"

김남우가 눈에 핏발을 세워가며 강하게 나가자, 악마는 저자세가 됐다.

[왜, 왜 그래? 원래 돈은 그렇게 버는 거 아니야? 우리 악마들은 다 그렇게 뺏어서 버는데…]

김남우는 울화통이 터졌다. 이 악마는, 인간과 악마의 기본 개념 차이조차도 이해 못 하고 있는 악마였다. 이 초짜 악마 새끼가 제대로만 일을 했다면 인생이 어땠을까? 얼마나 달라졌을까?

[혹시 내가 뭐… 잘못한 거야? 내가 인간하고 계약이 처음이라…]

"이 병신이?"

풀이 죽은 악마는, 변명이랍시고 중얼거렸다.

[네가 너무 착하게 살아서 그래! 내가 준 기회가 얼마나 많았는

데… 횡령, 납치, 강도… 너 왜 이렇게 인생을 정직하게 살았어?]

"…"

김남우는 너무 어이가 없어 할 말을 잃었다. 그런데, 일그러진 얼굴이 점점 풀리며, 악마의 한마디 말에 빠져들었다.

정직하게 살아온 인생. 그 말이 김남우의 가슴에 맴돌았다.

"…염병, 그러게. 나도 참 더럽게 열심히 살았네…"

김남우는 새삼, 본인의 시체를 내려다보며, 가슴이 조금 뭉클해지는 것을 느꼈다. 열심히 산 사람의 얼굴은 저렇구나.

"어차피 죽었는데, 무슨 상관이냐? 됐다, 됐어."

털어내듯 숨을 내뱉은 김남우는, 악마에게 물었다.

"그럼 뭐야, 너 제대로 한 것도 없이 내 영혼을 가져가려고 온 거야? 염치가 없네, 이 새끼."

그러자 악마가 울상이 되어서 말했다.

[그렇지? 역시 안 되겠지? 혹시 있잖아. 혹시… 그냥 주면 안 될

까?]

"뭐야, 이 새끼야? 뭐라도 해주고 그딴 소리를 해야지, 이 새끼가?"

악마는 울상을 짓더니, 고민에 잠겼다.

[에이씨, 그럼 다시 제대로 할 테니까! 이번엔 제대로 받아먹어! 어? 알았지?]

"무슨 소리야?"

김남우가 어리둥절해하고 있을 때, 악마의 손등에서 빛이 났다. 곧,

"어어? 어어어어."

몸이 빨려 들어가는 느낌과 함께, 김남우의 정신이 아득해졌다.

⋮

"크윽!"

힘겹게 눈을 뜬 김남우. 온몸에서 지독한 통증이 느껴졌다.

"뭐야?"

자동차 안. 사고가 났던 그 자동차 안이었다. 분명 머리에 커다란 상처가 나서 죽었는데… 거울에 비친 머리는 멀쩡했다.

"…이 새끼?"

김남우는 얼른 손등을 쳐다보았고, 별 문양이 희미하게 사라지고 있는 모습을 보았다.

"하… 하하…"

기쁨인지, 황당함인지, 아무튼 복잡한 얼굴이 된 김남우. 일단 차 문을 열고 밖으로 나왔다.

김남우가 죽었던 사고는, 고속도로를 달리던 트럭이 넘어지며 덮친 사고였다.

전복된 트럭으로 걸어간 김남우가 운전석으로 다가갔다.

운전석엔 트럭 운전사가 끙끙 앓고 있었다.

"괜찮으십니까? 괜찮습니까?"

"으으…"

정신이 혼미해 보이던 트럭 운전수가, 뜬금없이 설명하듯 말했다.

"아, 안 돼! 트럭 짐칸에 있는 고미술품들이 손상되어선 안 돼! 그 가치가 몇십억은 될 텐데!"

"…"

김남우는 순간, 자기도 모르게 푸핫 웃음이 터져버렸다. 그러고는 하늘을 올려다보며 말했다.

"이 새끼~"

김남우는 주머니 속 핸드폰을 꺼냈다.

"여보세요? 119죠?"

김남우의 귓가에 왠지, 이런 말이 들린 것도 같고 아닌 것도 같았다.

[으아! 너 왜 그래, 진짜! 이 병신아!]

부품을 구하는 요괴

어느 날 아침, 부품을 구하는 요괴가 나타났다.

요괴가 나타난 곳은 아무도 없는 허허벌판이었다.

3미터에 달하는 순백색 요괴의 몸체는, 마치 서 있는 커다란 짚단 같았다.

곧, 그 짚단 틈에서 하얀 팔 세 개가 쑥 튀어나왔다. 손바닥을 가진 팔 하나, 손바닥 대신 눈이 달린 팔 하나, 입이 달린 팔 하나.

세 개의 팔 중 눈과 입이 달린 팔이 하늘 높이 솟아올랐다. 그러더니 하늘 위에서 입이 열리며 말을 내뱉었다.

[내 기계가 고장 났어! 부품이 필요해!]

순간, 전 인류의 머릿속으로 요괴의 목소리가 울렸다.

곧 요괴의 다른 손에 있던 눈의 눈꺼풀이 열렸고, 전 인류의 머릿속에 요괴가 있는 허허벌판의 풍경이 떠올랐다. 눈을 감을수록 더욱 선명히.

너무나 놀라운 일에 전 인류가 공황 상태에 빠졌을 때, 요괴가 다시 사람들의 머릿속으로 말을 했다.

[바위 깎는 기계의 부품이 늙어 죽었어! 기계를 못 쓰니까 자꾸만 바위가 자라나서 내 앞마당이 볼품없어졌단 말이야! 새로운 부품을 구해야겠어!]

혼란스러운 사람들은 요괴의 말을 도통 이해할 수가 없었다. 그 와중에 요괴는 짚단 속에서 바위 깎는 기계를 거짓말처럼 꺼내놓았다.

인류는 그 기계라는 것이 머릿속에 보이자마자 깜짝 놀랐다.

건물 한 채만 한 크기의 직립보행 근육 덩어리가 시뻘건 몸을 꿈틀거리고 있었기 때문이다.

[인간들아! 내 기계의 허벅지에 꼭 맞는 부품이 필요해!]

요괴의 말대로, 괴생물체는 한쪽 허벅지 부분이 휑하니 파여 있었다.

사람들은 도대체 그게 왜 기계인지는 제쳐둔다 해도, 부품을 어떻게 구하겠단 말인지 이해할 수 없었다.

[너희 인간들 중의 하나가 내 기계의 부품이 되어줘야겠어!]

요괴의 말에 인간들은 아연실색했다. 인간을 부품으로 쓰겠다니? 설마 저 허벅지에?

사람들이 안정을 찾을 틈도 주지 않고, 손바닥이 달린 요괴의 세 번째 팔이 하늘 위로 올라왔다.

하늘 위로 올라온 요괴의 손이 손가락을 튕겨 딱! 소리를 내는 순간!

"앗?"

"어어?"

전 인류의 이마 앞에 파란 불빛이 생겨났다.

당황한 사람들은 손으로 불빛을 휘저어보고, 떨쳐내보려 해봤지만 불빛은 사라지지 않았다. 곧, 요괴에 의해 불빛의 정체가 밝혀졌다.

[내 기계에 딱 맞는 부품을 찾아야 하니까 말이야! 조건을 모두 통과한 인간을 부품으로 쓸 거야! 먼저, 무게가 너무 무거우면 안 돼! 한 65킬로그램 정도였으면 좋겠어!]

요괴가 다시 손가락을 딱! 튕겼고, 전 인류 중 65킬로그램이 아닌 사람들의 이마 앞에서 불빛이 사라졌다.

상황을 파악한 대다수 인류는 안도했고, 65킬로그램인 사람들은 울상을 지었다.

[키가 너무 작거나 커도 안 돼! 170센티 정도가 좋을 것 같아!]

딱! 소리와 함께 많은 사람들의 파란 불빛이 꺼졌다.

불이 꺼져 이제 자기 일이 아니게 된 대다수 인류는, 조금은 여유를 갖고 사건을 지켜보았다. 물론 아직 불빛이 꺼지지 않은 사람들의 얼굴은 일그러져 있었다.

[머리카락이 너무 길면 내 기계가 간지러울 것 같아! 대머리였으면 좋겠어!]

대머리가 아닌 사람들의 불빛이 꺼지자 곳곳에서 안도의 한숨 소리가 들렸다.

[손톱, 발톱이 너무 길어도 내 기계가 싫어하겠지?]

손발톱 관리가 안 된 사람들은 천만다행이라 생각했다.

[아, 맞다! 나이가 너무 많으면 또 늙어 죽겠지? 30년이 안 된 인

간이었으면 좋겠어!]

또다시 많은 사람의 불빛이 꺼졌고, 파란 불빛을 가진 인간들은 얼마 남지 않게 되었다.

[그래! 딱 좋아! 너희들이 내 기계에 딱 맞는 부품이야! 가장 가까운 데 있는 게 누굴까?]

순간, 하늘에 떠 있던 요괴의 손이 허공에서 사라지더니, 파란 불빛을 가진 인간들 중의 하나를 잡아채어 돌아왔다.

"으아악! 아악! 악!"

65킬로그램에 170센티, 대머리에 28살이었던 그는 비명을 질렀지만, 요괴는 그를 요리조리 돌려보며 만족스러워했다.

[아주 좋아! 얼른 가서 마당에 바위들을 깎아봐야겠어!]

요괴는 바위 깎는 기계와 인간 부품을 가지고 사라져버렸다.
동시에 전 인류와 요괴의 링크도 끊어졌고, 남겨진 파란 불빛들도 모조리 꺼졌다.
그리고 그때부터 인류는 이 요괴 대사건에 대해 떠들기 시작했다.

시청률 100퍼센트의 실시간 뉴스를 본 것과 같았기에, 전 세계 어디에서든 요괴 사건을 화제로 얘기들을 해댔다.

"어이쿠, 놀래라! 그나저나 그 사람 진짜 재수 없네. 어떻게 전 인류 중의 한 명으로 그렇게 뽑혔대?"

"어떻게 사람을 부품으로 쓴대? 아무리 요괴라지만…"

"그 사람은 이제 영원히 일개 부품으로 살아야 하는 거야? 진짜 불쌍하다."

"나 같으면 그냥 죽으면 죽었지, 절대 그런 괴물의 부품이 되진 않을 거야!"

대부분의 사람들은, 요괴의 일개 부품으로 전락한 그 사람의 처지를 불쌍히 여겼다.

이렇듯 아침부터 요괴 때문에 전 세계에 한바탕 소란이 일어났지만, 시간이 조금 흐르자 사람들은 각자의 자리로 돌아갔다.

오늘은 평일이었고, 대부분의 사람들은 사회에서 맡은 일이 있었기 때문이다.

사람들은 익숙하게 걸음을 걸었고, 익숙하게 다시 손을 놀렸다. 매일매일 하던 일들을 익숙하게 반복했다. 인간 하나가 사라져도 사회는 멀쩡히 돌아갔다.

한편, 정부와 언론 매체들은 요괴의 흔적을 쫓아 허허벌판을 찾아 나섰다. 그들은 요괴와 기계가 왔다 간 발자국을 찾아내어 취재했다. 곧, 요괴의 흔적에 대한 연구가 시작됐다. 한데 그날 저녁, 또다시 깜짝 놀랄 만한 일이 벌어졌다.

부품이 되어 끌려갔던 그가, 허허벌판 한가운데에 갑자기 나타난 것이다.

요괴의 흔적을 연구 중이던 사람들은 깜짝 놀라 모여들었고, 그를 향해 어떻게 돌아왔는지를 물었다.

그는 본인도 어안이 벙벙한지, 얼떨떨해하며 말했다.

"…퇴근이랍니다."

"?"

퇴근이라니? 뜻밖의 소식에 인류는 황당함을 느꼈다. 기계의 부품으로 쓴다고 데려간 인간을 퇴근시켜주다니?

거기다가 더욱 놀라운 점은, 그가 일당을 받아 왔다는 것이다.

글쎄, 어른 주먹만 한 금덩이를 일당이라며 받아 왔다.

"세상에!"

요괴의 부품이 된다는 것도 그다지 힘든 일이 아니었다. 그의 표현에 의하면, 마치 어머니의 양수에 들어가 있는 듯이 편안했다는 것이었다. 괴생물체의 허벅지에 끼워진 채 가만히 있으면 어느새 부품으로서의 일이 끝나고, 금덩이와 함께 집으로 돌려보내진다. 이 얼마나 좋은 직업인가?

온종일 화제의 중심이 된 그는 다음 날이 되자, 알아서 먼저 허허벌판으로 출근했다.

허허벌판에 나타난 요괴는 그를 반가이 맞이했다.

[오! 인간 부품아, 와 있었구나? 그래! 어제 다 못 깎은 바위를 깎아야지! 어서 가자!]

요괴는 잽싸게 그를 낚아채 사라졌다.

그렇게 되자, 사람들의 태도는 완전 180도로 바뀌어버렸다.

"그 사람 진짜 재수 좋다! 어떻게 전 인류 중의 한 명으로 그렇게 뽑혔대?"

"어떻게 금덩이를 막 준대? 아무리 요괴라지만, 와…"

"그 사람은 이제 영원히 요괴의 부품으로 살 수 있는 거야? 진짜 부럽다."

"나 같으면 죽어도 그 부품 자리 안 놓친다! 무조건 체중 조절해야지."

이렇듯 아침부터 소란이 크게 일어났지만, 시간이 조금 흐르자 사람들은 각자의 자리로 돌아갔다.

그날도 평일이었고, 대부분의 사람들은 사회에서 맡은 일이 있었기 때문이다.

사람들은 익숙하게 걸음을 걸었고, 익숙하게 다시 손을 놀렸다. 매일매일 하던 일들을 익숙하게 반복했다.

그런데 이상하게도 어제와는 달랐다. 사람들은 온종일 그의 얘기를 했다.

요괴의 부품이 된 그의 특별함에 비추어, 본인들의 의미 없는 하루하루를 처량해했다. 그가 부러웠고, 그처럼 특별해지고 싶었다.

"난 이렇게 힘들게 일해서 쥐꼬리만큼 버는데, 그 사람은 매일매일 편안히 금덩이를 벌어 올 거 아냐?"

"지금 전 세계에서 제일 유명하지 않냐? TV 프로에서 서로 초대하려고 난리도 아니던데?"

"그 사람은 요괴 세계가 어떤지 다 구경할 수 있을 거 아냐? 얼마나 신비롭고 짜릿할까!"

요괴의 일개 부품이 된 인간은, 하루 만에 전 인류의 동경과 부러움을 샀다.

그날도 그는 무사히 금덩이와 함께 돌아왔고, 다음 날도, 그다음 날도 요괴의 부품으로 편안히 일했다. 심지어 주말에는 휴식까지 있었다.

그러나 그의 행운은 길지 않았다. 주말 휴식을 취하던 그가 그만, 차 사고를 당하게 된 것이다.

월요일, 그를 찾아온 요괴는 짜증을 냈다.

[뭐야? 내 인간 부품 꼴이 왜 이래? 몸무게도 줄었잖아? 에이! 새로운 부품을 구해야겠네!]

요괴는 또다시 안테나처럼 세 팔을 뻗어 전 인류를 스캔했다. 그러고는 첫날과 마찬가지로 조건에 맞는 사람 중 하나를 잡아채 왔다.

잡혀 온 그는 두려움보다는 기대감이 가득했다.

"가, 감사합니다!"

[음~ 딱 좋아! 새로운 부품으로 아주 적당해!]

요괴는 새로운 부품을 데리고 요괴 세계로 떠났고, 사람들은 그 모습을 보며 한 가지 생각을 떠올렸다.

만약 부품 인간이 조건을 잃는다면, 새로운 누군가가 요괴의 부품이 될 수 있겠구나!

그때부터 몇몇 사람들이 요괴의 조건을 맞추기 위해 노력했다. 키가 170센티인 사람들은 몸무게를 65킬로그램에 맞추려 노력했고, 몸의 털을 다 밀고 손발톱도 깨끗이 관리했다.

그렇게 조건을 맞춰낸 수많은 인간이 아침마다 허허벌판 가까이에 모여들었다. 그리고 며칠 뒤의 아침,

[응? 인간 부품 어디 갔어? 어어? 뭐야? 죽은 거야?]

두 번째 부품 인간이 밤새 누군가에게 살해당하고 말았다.
인류는 생각했다. 조건을 맞춘 누군가가 그를 죽였을 거라고.
그러거나 말거나 요괴는 상관없었다.

[에이, 다른 부품을 구해야겠군! 어디 보자. 응? 뭐야? 왜 다들 이 근처에 모여 있어?]

심지어 사람들은 요괴에게 접근하기 시작했다.

"요괴님! 저를 부품으로 써주십시오!"
"아닙니다! 제가 더 부품에 어울립니다!"
"저는 눈썹까지 다 밀었습니다, 요괴님!"

[오잉? 인간들이 왜 이러는 거야? 이상하네? 음… 에이 뭐, 아무렴 어때? 어디 보자. 너로 정했다!]

요괴는 수많은 인간 중 하나를 낚아채 요괴 세계로 사라졌다. 희비가 엇갈리며, 남겨진 수많은 인간이 아쉬워했다.

며칠 뒤.

[뭐야? 또 죽었어? 인간들아, 너희 혹시 지금 전쟁이라도 하는 중이야? 왜 이렇게 잘 죽어?]

또다시 며칠 뒤.

[세상에! 인간은 너무 쉽게 죽는 것 같아! 이거 참, 이번엔 튼튼한 인간으로 뽑아야겠는데?]

며칠 뒤, 며칠 뒤, 며칠 뒤, 며칠 뒤…

[거참! 원래 인간 부품은 일회용인가? 몇 번 쓰면 끝이야? 너희 인간들은 참 허약하구나?]

그렇지만 요괴는 걱정이 없었다. 그 일회용 부품이 되기를 원하는 인간들조차 너무나도 많았다.

[뭐, 아무렴 어때! 어차피 난 당장 쓸 수 있는 부품만 있으면 되니까! 보자. 오늘은 어떤 부품으로 골라볼까?]

"요괴님, 저를…"
"아뇨, 저를…"
"제가…"

170센티에 65킬로그램, 대머리에 손발톱 깨끗.
170센티에 65킬로그램, 대머리에 손발톱 깨끗.
170센티에 65킬로그램, 대머리에 손발톱 깨끗.

170센티에 65킬로그램, 대머리에 손발톱 깨끗.
170센티에 65킬로그램, 대머리에 손발톱 깨끗.

무수히 많은 똑같은 인간들이, 똑같은 부품이 되고자, 똑같은 곳으로 몰려들었다.

기계의 부품이 되기 위해. 기계의 한낱, 부속품이 되기 위해.

남극을 찾아가는 요괴

남극을 찾아가는 요괴가 나타났다.

그 요괴가 남극을 찾아가려는 이유는 요괴의 입을 통해 밝혀졌다.

[더워! 너무 더워! 더워죽겠다고! 인간들아! 남극이라는 곳이 어디야? 남극이 어딘지 좀 알려줘!]

물론, 요괴의 모습을 본 사람들은 비명을 지르며 도망가기 바빴다.

시내 4차선 도로 위에 갑자기 나타난 빌딩만 한 요괴는, 마치 새하얀 땅콩 같았다.

거대한 몸체에 비해 실처럼 가느다란 팔다리, 우둘투둘한 피부에 커다란 외눈과 커다란 콧구멍. 헉헉거리느라 벌어진 입에선 기다란 혓바닥 두 개가 나와 바닥까지 축 늘어져 있었다.

거기다, 온몸으로 검은 땀을 비 오듯 쏟아내고 있었는데, 땀이 타고 내려오는 가랑이 부분이 뾰족하여, 그 바로 밑에 땀 웅덩이가 생길 정도였다.

[으으. 너무 더워, 인간들아! 너희 인간 세상에 남극이라는 얼음 땅이 존재한다며? 그곳이 어딘지 좀 알려줘! 응?]

"꺄아아악!"

요괴는 그 큰 몸을 좌우로 흔들며 이곳저곳의 인간들에게 길을 물었지만, 인간들은 비명을 지르며 도망 다닐 뿐이었다.

요괴가 몸을 흔들 때마다 검은 땀이 여기저기로 흩날렸는데, 어찌나 땀을 많이 흘리는지 요괴 주변이 온통 검은 땀 범벅이었다.

[히잉. 남극이 어딘지 아무도 몰라? 온 세상이 얼음으로 된 천국이라던데! 아무도 모르는 거야?]

비명을 지르며 도망만 가는 인간들의 모습에 실망한 요괴는 풀이 죽었다. 요괴는 4차선 도로를 따라 한쪽으로 걸어가기 시작했다.

[힝, 가다 보면 나오려나? 으으~ 정말 더워죽겠네! 인간들아~ 남극이 어딘지 진짜 몰라?]

요괴는 가느다란 다리로 사뿐사뿐 걸으며 연신 남극의 위치를 물어댔다.

그러는 사이, 온 세상에 요괴로 인한 긴급 속보가 터지고, 경찰과 군이 출동했다. 그리고 그 와중에, 누군가 한 가지 사실을 발견했다.

"자, 잠깐? 이거 석유 아니야?"

요괴가 쉴 새 없이 흘려대는 검은 땀의 정체는 바로 석유였다. 요괴는 정말로 많은 땀을 흘렸는데, 요괴가 걸어간 길을 따라 석유 시냇물이 흐를 정도였다.

[인간들아, 남극이 어디야? 이쪽이야? 아니면 이쪽? 히잉. 너무 덥다고!]

요괴를 공격하기 위해 모여들었던 군 병력들도 모두 공격을 망설였다.

"저렇게 석유를 펑펑 흘려대는 요괴를 섣불리 공격했다가, 폭발이라도 한다면 대형 참사가 일어날 겁니다!"

이제는 요괴를 공격하는 게 문제가 아니라, 요괴가 지나간 자리에서 발생할 화재 사고가 문제였다.

군 병력들이 어떻게 해야 할지 혼란스러워하는 가운데, 커다란 빌딩 옆에 바싹 붙은 요괴가 창문 너머의 인간들을 향해 물었다.

[너희들은 남극이 어딘지 알아? 온 세상이 얼음으로 가득한 곳 말이야!]

"꺄아아악!"

요괴가 멈춰 선 빌딩 자리에 석유 땀이 엄청나게 고였고, 마침 도망가던 자동차끼리 부딪치는 사고가 나 근처에서 불이 번져버렸다.

"이, 이런! 어서 소방차와 소방 헬기를 불러!"

요괴 주변에 모여 있던 군 병력이 어떻게든 상황을 수습하려던 그때.

[더워죽겠는데 또 불이야? 크흥!]

휘이익!

요괴가 하얀색 콧김을 내뱉자, 주변의 모든 불이 단박에 제압됐다.

[으~ 더워 더워! 인간들아~ 남극이 어딘지 정말 아무도 모르는 거야? 누가 좀 알려줘~]

요괴는 다시 도로를 따라 무작정 걷기 시작했다.

요괴는 도로를 걸으며 연신 석유 땀을 흘렸고, 간혹 불이라도 붙으면 콧바람으로 곧장 불을 껐으며, 끊임없이 인간들에게 남극의 위치를 물었다.

시간이 흐르자 점차 사람들은 안정을 찾았고, 군 대표가 요괴의 앞을 막아서며 말을 걸었다.

"다, 당신은 뭡니까?"

[나? 난 요괴 세상에서 온 요괴야! 근데 너 혹시 남극이 어딘지 몰라?]

"당신의 목적이 뭡니까? 남극은 왜 가려는 겁니까?"

[난 더위를 정말 많이 타거든! 남극에는 얼음이 가득하다며? 그렇게 황홀한 곳이 존재한다니! 꼭 가보고 싶어!]

"그게 답니까? 단지 남극에 가보는 것?"

[응! 그것뿐이야! 넌 남극이 어딘지 알아? 어디로 가야 남극이 나오는 거야?]

"으음. 남극이라면 아마, 저쪽?"

대표가 무심코 한쪽을 가리키자,

[와! 저쪽이야? 고마워!]

신난 요괴가 그쪽을 향해 걸음을 옮겼다.
대표는 당황했지만, 걸음을 옮기는 요괴를 제지할 순 없었다.
그사이, 요괴를 어떻게 하느냐에 대한 회의는, 일단 지켜보자는 걸로 결론이 났다. 그리고 그렇게 결정이 되자, 인간들은 다른 생각을 할 여유가 생겼다.

"저 정도 석유면, 충분히 쓸어 담아 쓸 수 있겠는데?"

그 판단과 실행은 생각보다 빠르게 이루어졌다.

매스컴을 통해 사람들을 안정시키고, 요괴가 흘린 석유를 긁어모을 방안을 강구하고 실행해나갔다.

사람들은 뜻밖에도 엄청난 석유의 양에 놀랐고 곧, 한 가지 결론에 도달했다.

"요괴가 흘리는 석유량이 어마어마합니다! 요괴를 무조건 우리나라에 붙잡아둬야 합니다!"

그러나 조심스러웠다.

"어떻게? 요괴에 대한 아무런 정보도 없는 상황에서 요괴를 함부로 강제할 순 없습니다! 무슨 일이 터질 줄 알고?"

그때 누군가가 좋은 생각을 떠올렸다.

"요괴를… 뺑뺑이 돌리는 게 어떻겠습니까?"
"뺑뺑이?"
"요괴는 남극을 찾아다니고 있습니다. 그러니까, 요괴에게 남극의 방향을 가르쳐주는 척하면서 국내를 계속 헤매게 하는 겁니다!"

사람들은 조금 미심쩍긴 했지만, 그 생각에 동의했다.

[으으. 덥다, 더워! 남극은 언제 나오나! 더워죽겠네!]

"요괴님! 남극은 저쪽입니다!"

[뭐? 이쪽이 아니야?]

"예! 남극으로 가려면 이쪽으로 가셔야 합니다!"

[그래? 고마워! 이쪽이었구나!]

그들은 요괴를 통제하는 데 성공했다.

그때부터 요괴 근처에는, 요괴가 흘린 석유 땀을 효율적으로 쓸어 담을 작업반과 혹시 모를 사태를 대비한 군 병력, 소방대가 상주했다.

그들에게 요괴는 정말 소중한, 걸어 다니는 유전이었다. 요괴의 존재만으로 국가 경제가 크게 부흥했다. 게다가 앞으로의 전망은 더욱 밝았다.

그런데… 여느 때처럼 요괴의 방향을 바꾸던 어느 날.

한 소녀가 요괴의 앞을 막아섰다.

"요괴 아저씨! 남극은 이쪽이에요!"

[응?]

소녀는 양손으로 자기 몸만 한 종이를 어설프게 펼쳐 들었다. 커다란 도화지에 크레파스로 그린 조잡한 지도였다.

"요괴 아저씨, 남극은요, 이쪽이에요! 이 지도를 보면요, 여기가 바다고, 여기서 여기가…"

"어서 저 꼬마를 끌어내!"

당황한 사람들이 급히 소녀를 향해 뛰어갔지만, 요괴가 한발 빨랐다. 요괴의 실처럼 가느다란 팔이, 소녀가 펼쳐 든 지도를 집어 들었다.

"이런?"

[흠. 그렇군! 그렇구나! 남극은 저쪽이구나! 정말 고마워!]

요괴가 방향을 틀었다. 정확히 남극 쪽이었다.

"이, 이런!"

사람들은 당황했다.

"요괴님! 아닙니다! 남극은 그쪽이 아닙니다! 이쪽으로 가셔야!"

[글쎄? 모르겠어! 그냥 난 이 지도를 따라갈래!]

"이런!"

사람들이 무슨 말을 해도, 요괴는 오직 소녀가 그려준 지도만을 따라 걸었다.

이 사실이 알려지자, 국가 전체에서 그 소녀를 향한 원망과 욕설이 난무했다.

"저런 멍청한! 도대체 무슨 생각으로 그런 일을 저지른 거야?"

"저 소녀 때문에 지금 국가 경제가 폭락하고 있습니다!"

입에 담기도 힘든 온갖 욕설들과 위협들이 소녀를 향했다. 몇몇 사람들은 그런 상황을 우려했다.

"소녀는 그냥 요괴를 위해 순수한 마음으로 그런 겁니다. 소녀의 착한 마음을 욕해선 안 됩니다!"

"멍청한! 착한 마음? 착한 마음이 밥 먹여줘? 경제를 살려줘? 지금 이 막대한 손실은 어쩔 건데? 착한 마음 같은 소리 하고 있네!"

"저 빌어먹을 꼬마 년 때문에, 내 투자금을 몽땅 날렸다고! 착한 마음은 개뿔!"

"빌어먹을! 차에 기름 좀 싸게 넣나 했더니! 망할 년!"

"저 꼬마 년이 모든 걸 망쳤어! 저 정도면 법적으로 책임을 물어야 하는 거 아니야?"

"저런 쳐 죽일…"

사람들의 극렬한 분노 속에서, 소녀는 집 밖으로 한 발짝도 나갈 수 없었다. 소녀의 집에 각종 오물이 던져졌고, 생명을 위협하는 이들까지 나타났다.

소녀의 부모가 경찰에게 보호 요청을 했지만, 마뜩잖았다. 대부분의 사람이 소녀를 욕했고, 극소수의 사람만이 소녀의 착한 마음을 이해해주었으니까.

그러는 와중에 요괴는 바다 가까이 도착했다. 사람들은 최후의 수단으로, 강제적으로 요괴를 잡아두려 했다. 하지만…

[뭐야? 왜들 이러는 거야! 나 남극 가야 하니까, 저리 비켜들! 크흥!]

"으아아악!"

요괴의 콧바람 한 번에, 주변의 모든 것들이 멀리 나가떨어졌다.

그리고 요괴는 놀랍게도, 실처럼 가느다란 다리로 아무렇지 않게 바다 위를 걸어갔다.

[물가라 조금 낫네! 그래도 너무 더워! 덥다고! 남극이 어서 나왔으면!]

사람들은 요괴를 완전히 놓쳐버렸다. 배와 헬기를 동원해봐도 그뿐, 요괴를 해칠 생각이 아닌 이상, 요괴의 앞길을 막을 수 없었다. 또 요괴를 해할 수 있는지도 미지수였다.

완전히 요괴를 잃어버린 그날, 소녀에 대한 사람들의 분노는 극에 달했다.

소녀는 학교도 갈 수 없었고, 친구도 만날 수 없었다. 그저 집 밖에서 들려오는 욕설과 위협에 매일을 눈물로 보내야만 했다.

사람들은 소녀의 인생이 끝났다고 말했다.

착한 소녀는, 세상에서 제일 멍청하고, 생각이 없고, 욕을 먹어도 싸고, 죽어도 될 죄를 지은 사람이 되어 있었다.

그리고 요괴는, 기어이 남극에 도착했다.

[우아! 대단해! 사방이 얼음 땅이야! 우아!]

얼음 땅 위에서 신이 난 요괴는 어느새 검은 땀을 멈췄고, 새하얀 피부를 드러내며 땅 위를 마구 뒹굴었다.

요괴를 추적하던 기관들에 의해 그 모습이 전 세계로 생중계됐다.

사람들은 검은 땀을 흘리지 않는 요괴의 모습을 보고, 이젠

저 요괴를 어떻게 해야 할지를 생각했다.

그때, 요괴가 실처럼 가느다란 팔에 들린 지도를 보고는,

[아! 맞아! 고마운 꼬마!]

벌떡 일어나더니, 실처럼 가느다란 팔로 꿈틀거리는 문양을 만들어, 소녀를 자기 앞에 소환했다.

"꺄악!"

실시간 방송으로 그 모습을 보던 사람들은 깜짝 놀라 화면을 주목했고, 요괴는 소녀를 향해 밝게 말했다.

[고마워! 네 덕분에 남극에 올 수 있었어! 혹시 원하는 소원이 있어?]

소환되기 전에도 울고 있었던 소녀는, 눈물을 닦아내며 물었다.

"소원이요?"

[응! 더위 탈출만 빼고, 뭐든지 들어줄게! 네가 원한다면, 세상 모든 재물을 줄 수도 있고, 영원한 생명을 줄 수도 있고, 아니면… 세상

사람 모두를 죽여줄 수도 있어.]

"…"

방송을 보던 사람들은 깜짝 놀랐다.

소녀에게 욕한 사람들, 화를 낸 사람들, 위협한 사람들, 소녀를 죽여버려야 한다던 사람들, 모두의 얼굴이 창백하게 굳어버렸다.

곧, 생각에 잠겨 있던 소녀의 입이 천천히 열렸다.

"욕하는 어른들이랑… 화내는 어른들이랑… 때리려고 하는 어른들이랑… 인상 쓰는 어른들이랑요…"

"아!"
"헉!"
"으!"

소녀의 말에 TV 앞 사람들의 심장이 덜컥 내려앉았다. 이윽고 소녀는 말했다.

"모두 다 웃었으면 좋겠어요. 모두 행복해지길 바라요."

"…"

TV를 보던 사람들의 얼굴이 일순, 멍해졌다.

[정말? 정말 그게 소원이야?]

"네…"

대답하며 소녀는 작게 미소 지었다. 그 미소를 모두가 지켜보았다. 모두가 멍청한 얼굴이 되어 할 말을 잃었다. 소녀의 미소에서 눈을 뗄 수가 없었다.

[음. 그건 너무 애매한 소원이라 안 되겠는데? 다른 건 없어?]

"음… 그러면 쪼꼬렛?"

[쪼꼬렛? 알았어! 짜잔!]

요괴가 팔을 휘저어 초콜릿을 소환했고, 소녀는 웃으며 그 초콜릿을 먹었다.

며칠 뒤. 소녀의 집 앞엔 전국에서 날아온 수백, 수천 개의 초콜릿 상자와 편지들이 쌓여 있었다.

아마 소녀는 평생, 쪼꼬렛 걱정은 하지 않아도 될 듯했다.

육수를 우려내는 요괴

육수를 우려내는 요괴가 나타났다.

요괴가 처음 나타난 곳은, 뜨겁기로 유명한 한 온천 안이었다.

[우아. 인간들아! 너희들, 이 정도로 뜨거워도 잘 견디는구나? 정말 잘됐다!]

"꺄아악!"

온천욕 중이던 사람들은 비명을 지르며 기겁을 했다. 요괴의 끔찍한 외형 때문이었다.

3미터는 되어 보이는 순백색의 커다란 요괴는, 털 한 올 없이 아기처럼 깨끗한 피부를 가지고 있었다.

몸은 항아리처럼 뚱뚱했는데, 꿈틀거리는 배불뚝이 배에 배꼽이 네 개나 있었고, 배 아래로도 짧은 다리가 네 개 달려 있었다.

관절은 네 개, 팔꿈치는 세 개인 긴 팔로 바닥을 쓸고 있었으며, 맷돌 같은 머리에는 세로로 찢어진 커다란 눈 세 개가 있었고, 그 밑으로 이빨 같은 게 달린 두 개의 콧구멍이 으드득거리며 숨을 내쉬고 있었다. 요괴는 정수리에 달린 두꺼운 입술을 벌름거리며 사람들에게 말을 걸어댔다.

기절할 정도로 끔찍한 모습에 사람들이 비명을 질렀지만, 요괴는 차분히 대화를 시도했다.

[잠깐만! 놀라지 마! 나는 너희를 해칠 생각이 없어! 나는 제안을 하려고 찾아온 거라고! 아이, 도망가지 말고! 내 말을 좀 들어보라니까? 인간들아! 어? 내 말 좀 들어보라고!]

요괴는 도망치는 인간들을 쫓아 온천 여기저기에 출몰했다.

사람들은 요괴를 피해 도망가기 바빴지만, 시간이 흐르자 경찰, 군대, 방송국 카메라가 오히려 요괴를 찾아 나섰다.

곧 무장한 군대가 요괴를 포위했고, 그제야 요괴는 원하던 대화를 시작할 수 있었다.

[인간들아! 내 말 좀 들어봐! 나는 너희를 해칠 생각이 없어! 나는 제안을 하려고 찾아온 거야!]

그러나 사람들은 극도로 긴장하여, 아무도 요괴의 말에 대꾸하지 않았다. 그러거나 말거나 요괴는 할 말을 했다.

[나는 요괴 세계의 요리사야! 우연히 인간 세계를 둘러보다가, 온천을 즐기고 있는 너희들을 보고 내가 얼마나 기뻤는지 알아? 이렇게 뜨거워도 너희 인간들은 잘 견디는구나! 정말 잘됐어!]

정말로 기쁜 듯 요괴의 배가 꿀렁거렸다. 그때 특종을 위해 용기를 낸 방송국 리포터가 불쑥 말을 걸었다.

"당신은 도대체 뭡니까? 요괴 세계? 정말로 당신은 요괴입니까? 제안이란 건 무슨 제안을 말하는 겁니까?"

[어! 그래, 그래! 우리 대화를 하자고! 무슨 제안이냐면!]

요괴의 눈 세 개가 반갑다는 듯 자신을 향하자 리포터는 움찔했지만, 프로 정신으로 고개를 돌리지 않았다. 곧이어 요괴의 말이 전국으로 생중계되었다.

[나는 너희 인간들을 우려서 인간 육수를 만들어보고 싶어!]

"뭐, 뭐라고?"

[아! 놀라지 마! 놀라지 마! 너희들을 해친단 말이 아니야! 그냥 너희 인간들이 여기 이 온천을 즐기듯이, 내 냄비 속에 몸을 담그고 육수만 내주면 돼! 그냥 딱 이 온천 정도의 온도라고! 절대 너희를 삶아 먹거나 하지 않아! 난 절대 너희를 해칠 생각이 없다니까?]

"으음… 저희가 왜 그래야 하는 겁니까? 강압입니까?"

[아니! 나는 제안을 하는 거라고 했잖아! 너희 인간들에게도 득이 있어! 우리 요괴 세계의 물은 인간 세계의 물과 달라! 더러운 것과 잘못된 것을 흡수하지! 너희 인간들이 내 냄비에 들어와 우러나는 동안에, 너희 몸속의 모든 노폐물과 질병을 물이 흡수해버릴걸? 피부도 고와질 테고!]

"그게 정말입니까?"

[그럼! 그러니까 너희들에게도 좋지 않겠어? 내가 인간 육수를 낼 수 있게 좀 도와줘, 인간들아!]

사람들은 놀라워했다. 요괴의 말이 모두 사실이라면, 정말 굉장한 제안이었다. 하지만 요괴의 말을 믿을 순 없었다.

그래도 요괴는 끈기 있게 그 자리를 지켰다.

며칠이 지나자 요괴를 둘러싼 군대의 무력은 점점 강력해졌다. 전투기가 상공을 날아다니고, 탱크가 주변에 배치됐다. 그럼

에도 요괴는 동요 없이 끈기 있게 그 자리를 지켰다.

그렇게 일주일이 지났을 때, 한 중년이 요괴를 찾아왔다. 이미 합의된 사항인지, 군대는 그 중년이 요괴에 가까이 다가가도록 내버려두었다.

"이, 이보시오! 요괴… 아니, 요괴님! 제 딸은 백혈병으로 죽을 날만 기다리고 있습니다! 혹시 제 딸도 고칠 수 있는 겁니까?"

[오! 물론이지! 우리 물은 잘못된 것을 흡수하니까! 어때, 내 제안대로 육수를 내줄래? 이왕이면 너도 같이 말이야! 너무 어리면 육수 맛이 별로거든!]

"그렇게 하겠습니다! 제 딸만 고칠 수 있다면!"

[정말 잘됐어! 그럼 냄비 좀 꺼낼게!]

요괴는 갑자기 긴 팔을 자신의 배꼽으로 쑥 꽂아 넣었다. 배꼽으로 들어간 긴 팔은, 물리법칙으론 절대 이해할 수 없는 현상을 보여주었다. 요괴가 배꼽에서 팔을 꺼내자 아주 커다란 냄비가 따라나온 것이다.

다 빠져나온 냄비는 말이 좋아 냄비지, 얼마나 컸는지 사람 100명은 들어갈 수 있을 만한 수영장 같았다. 그 덕에 경계 중이던 군인들이 뒤로 물러나야 할 정도였다.

이미 물이 차 있던 냄비는 곧, 스스로 끓어오르더니 뜨거운 김을 내뿜었다.

[너희 둘만으로는 육수가 제대로 우러날 것 같진 않지만… 일단 어쩔 수 없지! 자, 들어가!]

"…"

중년의 사내는 침을 한 번 꿀꺽 삼키더니, 딸을 두고 먼저 냄비 속으로 발을 넣었다. 물의 뜨거운 온도에 깜짝 놀랐지만, 요괴의 주장대로 온천의 뜨거움과 별반 다르지 않았다. 그는 곧 물에 온몸을 담갔다.

"끄응~"

사내는 뜨거움에 절로 인상을 썼지만, 점차 익숙해지자 견딜 만하다는 것을 인정했다.

"민아! 이리 들어와!"
"앗, 뜨거워! 아빠, 뜨거워요!"
"괜찮아! 참아야 해! 잠깐만 참으면 돼! 괜찮아, 괜찮아!"

아이마저 냄비에 완전히 들어오자, 사내는 딸을 걱정스럽게 쳐다보다가, 곧 무언가 결심한 듯 딸과 함께 잠수를 반복했다.

수많은 카메라와 공중에 뜬 헬리캠이 그 모습을 전 세계로 생중계했고, 주변의 모두가 긴장하며 그들을 살폈다.

한 10분쯤 흘렀을까, 요괴가 말했다.

[됐어! 인제 그만 나와! 너무 오래 있다간 너희 둘 다 죽을걸?]

"아, 알겠습니다!"

냄비 속에서 딸을 보살피던 사내가 황급히 딸을 데리고 밖으로 나왔다.

곧, 사람들은 그들 부녀를 보고 깜짝 놀랐다. 둘의 피부가 정말 아기 피부처럼 깨끗해져 있었다.

사내도 본인의 몸 상태를 느꼈는지 놀란 눈으로 자기 팔다리를 살피다가, 얼른 딸을 돌아보며 물었다.

"이럴 수가! 괜찮니? 민아, 괜찮아?"

"아, 아빠! 머리가 하나도 안 아파요! 이렇게 안 아픈 적은 처음이에요, 아빠!"

"저, 정말이냐? 정말이야? 아, 민아!"

사내가 딸을 부둥켜안고 눈물을 터트렸다. 그 모습을 지켜보던 사람들의 눈빛이 흔들렸다.

곧 사내가 요괴를 향해 큰절을 했다.

"감사합니다! 정말 감사합니다! 감사합니다, 요괴님!"

[뭘~ 그나저나 역시 두 명만으로는 인간 육수가 잘 안 우러나네. 더 없어? 거기 인간들 중엔 아무도 없어?]

눈치를 보던 사람들이 침을 꿀꺽 삼키며 그들 부녀를 돌아봤다. 정말 투명할 정도로 깨끗한 그들의 피부부터 눈에 들어왔다.

"제, 제가!"
"저도!"
"저도요!"

[오! 좋아! 다 같이 들어오라고! 자리는 넓으니까!]

용기를 낸 사람들이 요괴의 냄비 속으로 들어갔다. 시간이 지날수록 물의 효능을 보고 나오는 사람들이 늘어났고, 요괴의 냄비는 점점 인간들로 가득 차기 시작했다.

요괴는 국자를 꺼내어 육수를 한 모금 맛보더니 매우 만족스럽다는 듯이 환하게 웃었다.

[오! 좋아! 바로 이 맛이야! 인간 육수는 아주 훌륭한 감칠맛이 나

는구나! 대박 나겠어! 정말 좋아! 고마워, 인간들아! 오늘은 이만 가볼게! 다음에 오면 그때도 또 도와주길 바라!]

매우 만족한 요괴는 냄비를 거두어 요괴 세계로 사라졌다. 차례를 기다리던 사람들은 안타까워했다. 요괴의 냄비를 이용한 사람들이 정말 신세계를 경험한 듯이 떠들어댔던 것이다.

그들은 곧 각종 방송에 불려 다니며 요괴의 냄비 물이 가진 효능을 증언해댔다.

몸이 날아갈 것처럼 가뿐해졌고, 피부는 멀리서 봐도 빛이 날 정도로 고와졌으며, 무좀부터 당뇨병까지 각종 지병 또한 말끔히 사라졌다.

심지어는 탈모였던 사람들은 머리털이 새로 났고, 시력이 안 좋던 사람들은 세상이 얼마나 선명한지 처음으로 깨닫게 되었다.

그들은 과거와 비교해, 겉으로만 봐도 10~20년씩은 젊어진 듯했다.

사람들은 그들을 부러워했다. 요괴가 있었을 때 바로 냄비에 들어갔어야 했다며 후회하고 아쉬워했다.

다행히 며칠 뒤, 인간들에게 기쁜 소식이 전해졌다.

[안녕, 인간들아! 또 왔어!]

또다시 온천 근처에 요괴가 나타난 것이다.

혹시나 해서 근처에서 대기 중이던 사람들이 순식간에 요괴 주변으로 몰려들었다.

[인간 육수, 진짜 대박이었어! 진짜 그렇게 장사가 잘됐던 적은 처음이야! 오늘도 부탁 좀 하려고 왔어! 내 냄비에서 육수 좀 내줄 인간?]

“예! 제가 내겠습니다!”
“저도요! 저도 육수를 내드리겠습니다!”
“저는 며칠 전부터 기다리고 있었습니다! 제발 우리 아들 좀 살려주십시오, 요괴님!”

[오~ 잘됐다, 잘됐어! 그럼 바로 냄비 꺼낼게!]

요괴가 냄비를 꺼내자마자 사람들이 앞다투어 냄비 속으로 풍덩 빠져들었다. 행여나 효능을 못 볼까, 꼼꼼히 잠수해가며 충실히 육수를 내주었다.
딱 100명의 인간이 육수를 내자마자, 요괴는 국자를 꺼내 맛을 보았다.

[음~ 좋아! 인간 육수가 잘 우러났어! 역시 훌륭한 감칠맛이야! 고마워, 인간들아! 그럼 다음에 또 올 테니, 그때도 잘 부탁해!]

“아, 안 돼!”

"요괴님, 가지 마세요! 안 돼요!"
"우리 아들 좀, 제발! 요괴님!"

냄비에 들어가지 못했던 사람들이 소리쳤지만, 요괴는 아랑곳하지 않고서 냄비를 들고 요괴 세계로 사라졌다.

요괴가 떠난 자리는 곧 아수라장으로 변했다. 화를 내는 사람, 땅을 치며 통곡하는 사람, 새치기해서 냄비에 들어갔다며 싸우는 사람… 거기다가 뒤늦게 소식을 듣고 달려온 수많은 사람들이 아쉬움과 짜증 속에 허탈해했다.

그래도 한 가지, 요괴가 온천에 출몰한다는 사실을 확인하게 되었고, 곧 사람들이 온천 주변에 진을 치기 시작했다.

그러자 슬슬, 사람들 사이에서 냄비 이용 순서에 대한 토론이 벌어졌다.

그중, 대의명분을 내세우는 주장 하나가 크게 힘을 얻었다.

"요괴가 인간 육수를 낼 때 필요한 인원은 한정되어 있습니다! 정말로 죽을병에 걸린, 꼭 필요한 사람들이 먼저 이용해야 합니다!"

"…"

탈모, 피부 개선 등의 미용 목적으로 냄비에 들어가려던 사람들은 할 말이 없었다. 소소한 지병을 치료하려고 찾아온 이들도, 죽어가는 불치병 환자들 앞에서는 입을 다물어야 했다.

그러나 불치병을 가진 이들이 너무나 많았다. 지금도 많았고, 시간이 지날수록 점점 더 많아졌다.

냄비를 이용할 수 있는 인원은 한 번에 고작 100명. 불치병 환자들 사이에서도 경중을 따져야 했다.

"나이가 어린 순으로 합시다. 앞날이 창창한 애들 먼저 이용하는 게 맞지 않겠습니까?"

"그것도 맞지만, 그래도 가장 위급한 순으로 하는 게 맞지 않겠습니까? 당장 오늘내일하는 사람이 이용해야지!"

"선착순으로 합시다! 어차피 모두 언제 죽을지 모를 불치병인데!"

"선착순으로 할 거면, 불치병 환자들 말고도 먼저 온 사람들이 얼마나 많은데요! 며칠 전부터 기다린 사람들도 있다고요!"

자신과 가족의 목숨 앞에 양보는 없었다. 결국, 정부가 개입했다. 급하게 국민투표를 했고, 그 결과 불치병 어린이들에게 우선권을 주기로 결정됐다.

다른 불치병 환자와 가족들은 불만을 토했다. 내가 먼저 왔는데! 우리 가족이 더 위급한데, 왜!

하지만 국가 공권력은 이미 결정된 사항을 밀어붙일 뿐이었다.

그리고 곧, 기다리던 요괴가 다시 나타났다.

[인간들아, 안녕! 또 왔어! 인간 육수는 정말 대박이야! 내 가게가 그렇게까지 붐빈 건 난생처음이었다고!]

인간들은 얼른 요괴 앞으로 몰려들었다.

[와~ 너희들 나 기다리고 있었구나? 잘됐어, 잘됐어! 안 그래도 바빴는데! 자, 냄비 꺼낼게!]

요괴가 다시 커다란 냄비를 꺼냈고, 인간들은 준비한 순서대로 줄을 섰다!

[어? 뭐야? 왜 아이들뿐이야? 에이~ 안 돼! 너무 어린 인간들은 육수가 제대로 우러나질 않는다고! 아이들은 안 돼!]

앞쪽에 서 있던 아이들과 그 부모들은 몹시 당황했다. 그리고 곧, 뒤에서부터 목소리들이 터져 나왔다.

"그럼 저희가 가겠습니다! 저희도 모두 불치병 환자라 꼭 냄비에 들어가야 합니다!"

대기 중인 다른 불치병 환자들이 앞다투어 앞으로 뛰쳐나왔다.

[오~ 그렇지! 다 자란 인간이 들어가야 제대로 된 육수를 낼 수

있지! 너희들이 들어와!]

순간, 아비규환이 펼쳐졌다.

줄 서 있는 아이들을 제치고 뒤에서부터 달려드는 사람들과 억지로라도 아이를 안고 냄비로 뛰어들려는 사람들, 막는 사람들, 몸싸움하는 사람들…

"이봐! 요괴님이 애들은 안 된다잖아?"

"당신은 왜 들어가? 보호자는 빠지라고!"

"이봐, 당신! 당신 불치병 환자 맞아? 불치병 환자 맞냐고!"

"나와! 나오라고! 내 자리야! 나와!"

"제발 우리 애 좀 살려주세요! 제발!"

끔찍했다. 혹시 요괴가 사는 세상이 이럴까?

어느 순간, 요괴는 긴 팔을 이용해 사람들을 거침없이 걷어냈다.

[그만, 그만! 물 넘친다고! 그만! 여기까지!]

"아, 안 돼! 제발!"

"요괴님, 제발!"

"으아앙. 살려주세요! 안 돼요!"

사람들이 애원하든 말든, 요괴는 더 이상 냄비 입수를 허용하지 않았다.

아슬아슬하게 냄비 속으로 빠져든 사람들은 안도했다. 그들은 충실히 인간 육수를 우려주었다.

[음~ 이 맛이야! 딱 좋아! 인간 육수는 역시 최고야! 고마웠어! 다음에 또 올게!]

요괴가 떠나간 자리에는 사람들의 울음소리와 싸움 소리만이 가득했다. 줄이고 뭐고, 일단 먼저 들어간 사람이 승자였다.

조건도, 규칙도, 질서도 전혀 지켜질 수 없었다.

방송을 통해 그 모습을 지켜본 사람들은 이러쿵저러쿵 떠들어댔다.

"어차피 저럴 거면서 줄은 왜 세운 거야?"

"불치병 환자가 아닌 사람도 막 들어가는 것 같던데?"

"이럴 거면 나도 들어가도 되겠구먼!"

그래도 국가는 어떻게든 통제하려 했다. 요괴가 다음번에 나타날 것을 예상해, 군대를 동원해 엄격히 줄을 세웠다.

줄의 비율도 고쳐, 불치병 어린이들 30명에 가장 위급한 사람들 70명으로 구성했다.

[안녕~ 인간들아! 나 또 인간 육수 우리러 왔어!]

그런데 요괴가 다른 곳에 나타나고 말았다. 온천 지역이 아닌, 도심 지역에 나타난 것이다.

[아구구! 인간 세계를 오고 가는 게 장난이 아니라, 특정 위치로만 나오는 게 너무 힘들어! 그래서 그냥 대충 왔는데, 괜찮아? 아, 괜찮구나! 놀라는 인간들도 별로 없네? 어쨌든 또 인간 육수를 우릴 건데, 좀 도와줄 인간?]

요괴는 자연스럽게 냄비를 꺼냈다. 사람들은 망설였다.
빠르게 무전을 받고 출동한 경찰이 즉시 통제에 나섰다.

"여러분! 지금 불치병 환자들이 오고 있으니, 모두 기다리셔야 합니다!"

사람들이 망설이자, 요괴가 말했다.

[뭐야? 왜 아무도 안 도와줘? 나 바쁘단 말이야! 지금 내 가게에 일이 얼마나 많은데!]

모여든 사람들은 웅성거렸다.

"요괴 님이 바쁘시다잖아."
"어쩔 수 없는 거 아닌가?"
"그래, 요괴 님이 바쁘시다는데…"

한 사람이 조심스럽게 냄비로 다가가자, 그것을 신호로 여기저기서 냄비를 향해 걸음을 옮기기 시작했다. 그러더니 곧, 사람들이 앞다퉈 뛰기 시작했다.

"여, 여러분! 안 됩니다! 지금 불치병 환자들이!"

"아, 누구야? 밀지 말라고!"
"악! 이봐요! 내 발 밟았잖아요, 지금!"
"비켜, 비켜. 비키라고!"

[오오. 그래그래. 어서어서 인간 육수를 내달라고! 너희 인간 육수는 정말 황홀할 정도로 훌륭한 맛이 나니까 말이야!]

금세 요괴의 냄비가 가득 찼다.

[크~ 이 맛이야! 이 인간 육수의 감칠맛! 오늘도 고마워, 인간들아! 다음에 또 올게!]

요괴가 사라진 자리에 남은 100명의 인간들은, 우윳빛 고운 피부를 뽐내는 그 100명의 인간들은 행복에 가득 차 있었다. 그들은 그 누구보다 행복한 얼굴로 자신의 몸을 살폈다.

뒤늦게 불치병 환자들이 도착하자, 얼른 자리를 피하면서도 끊임없이 자신의 모습에 만족해했다. 행복해했다.

불치병 환자들은 망연자실한 표정으로 통곡했다. 군인들은 어쩔 줄을 몰라 했다.

이후로도 요괴는 불특정한 지역으로 출몰해 인간 육수를 우려내고 떠났다.

인간들은 앞뒤 잴 것도 없이, 앞다투어 아비규환을 만들며, 스스로 요괴의 냄비 속으로 몸을 던졌다.

법으로 지정해도 그런 인간들을 막을 순 없었고, 손가락질하던 인간들도 막상 그 상황이 닥치면 냄비로 달려들었다.

육수를 우려내는 요괴는, 정말로 인간 육수만을 우려냈다. 하지만 그가 왔다 간 자리에는 항상 눈물이 가득했다. 분노가 가득했다. 시기, 질투, 이기심, 원망, 미움, 억울함, 불만… 온통 요괴에 어울리는 감정들로 가득했다.

요괴가 우려내는 건 인간 육수뿐만이 아니었다. 인간이 가진 어두운 감정들도 우려냈다. 그 어떤 육수보다도, 진하고 진하게.

[크~ 역시 인간 육수는 훌륭한 맛이야! 인간만큼 요괴들이 좋아하는 맛도 없지, 암!]

가려운 곳을 긁어달라는 요괴

평범한 도시의 하늘에, 간지러워하는 요괴가 나타났다.

[인간들아! 나 좀 긁어줘! 너무 간지러워 미치겠어!]

사람들은 비명을 질렀다. 단박에 요괴를 알아봐서 그런 게 아니라, 도시의 하늘을 뒤덮은 반투명한 하얀색 덩어리 때문에 놀라서 비명을 지른 것이었다.

요괴는, 도시 하나를 거의 덮을 만큼 거대했다.

요괴의 몸은 반투명하여 하늘을 투과했기에, 그 존재가 헷갈렸지만, 숨을 쉴 때마다 웅장하게 일렁이는 거대한 몸은 분명한 생동감을 가지고 있었다.

요괴의 거대한 몸체는 마치 물에 뜬 오리배를 닮아 있었다.

다만 솟아난 머리는 고양잇과 동물을 닮아 있었고, 온몸엔 새하얀 털이 복슬복슬하게 나 있었다.

요괴의 팔다리는, 넓고 거대한 몸에 비교하면 안타깝게도 너무나 짧았다. 오래된 바둑판의 네 기둥 같은 짧은 팔다리를 가지고 있었던 것이다. 그래서인지 요괴는 몹시 가려워했다.

[으아~ 가려워죽겠네! 인간들아! 날 좀 긁어줘! 너무 가려워서 긁고 싶은데, 팔이 안 닿아! 으아~ 가려워!]

요괴의 목소리는 지상에 그대로 전해졌고, 지상의 인간들은 난리가 났다. 사람들은 그 자리에 주저앉거나, 무작정 도망치거나, 건물 안에 숨었다. 그러나 비명을 지르며 벌벌 떨고 있는 인간들에게, 요괴는 끊임없이 말했다.

[가려워죽겠어! 으~ 제발 좀 도와줘! 배를 긁고 싶은데, 긁을 수가 없어! 인간들아, 부탁해! 너희들이 대신 좀 긁어줘! 부탁이야! 으으, 가려워! 제발 부탁해! 날 좀 긁어줘!]

"꺄아아악!"

사람들은 무서워하고 요괴는 가려워하는, 이상한 대치가 몇 시간 동안 이어졌다.

그동안 사람들은 요괴를 물리칠 수 없다는 것을 깨달았는데, 요괴 또한 자신들을 해할 수 없을 것 같다는 것도 깨달았다. 요괴의 반투명한 몸은 물리력이 없어, 모든 공격을 통과시켰던 것이다.

[인간들아! 이상한 짓 좀 하지 말고, 날 좀 긁어달라니까? 제발! 응? 벌써 며칠째 가려워서 잠도 못 자고 있단 말이야!]

요괴는 끊임없이 징징거렸고, 결국 군인이 확성기를 통해 하늘에 대고 물었다.

"너, 너는 도대체 뭘 원하는 것이냐?"

요괴가 얼른 그에게로 고개를 돌리며 소리쳤다.

[긁어줘! 긁어주기만 하면 돼! 그게 다야!]

"어, 어떻게?"

놀란 군인이 자신도 모르게 반문하자, 요괴가 기다렸다는 듯 설명했다.

[모두 양팔을 하늘을 향해 높이 들어봐! 그러면 내 몸을 느낄 수

있을 거야! 그걸 좀 긁어줘! 응?]

"무슨?"

요괴의 말을 들은 사람들이, 순순히 시키는 대로 할 리가 없었다. 하지만 요괴는 반복해서 도움을 요청했고, 시간이 얼마쯤 흘렀을 때,

[응? 아아! 누구야? 방금 누가 긁었지? 어! 어? 어! 그래! 긁어줘! 좀 더 세게! 좀 더 많이!]

지상의 누군가가 팔을 들어 요괴를 긁어준 듯했다.

팔을 들어 올린 그는 정말 신기한 촉감을 느꼈다. 분명 허공에 떠 있는 손에서, 따뜻한 동물의 아랫배를 만지는 듯한 촉감이 느껴졌다. 그가 손가락을 세워 한 번 긁어내리자, 요괴는 그것을 느끼고 좋아했다.

그에 이어서, 몇몇 사람들이 더 용기를 내어 요괴를 긁어보았다. 분명 허공을 긁는데도, 손으로 느껴지는 촉감이 너무나 신기했다.

[아! 아아! 아~ 그거야! 아~ 시원해! 좀 더 세게 긁어줘! 아아~ 그래그래! 으응~ 흥~ 흐흥~]

요괴는 기분이 좋은 듯, 그르렁대기 시작했다. 그 적의가 느껴지지 않는 소리에, 더 많은 사람들이 요괴를 긁어보기 시작했다. 손가락을 세워 요괴의 몸을,

북 북 북 북 북 북 북 북 북…

[아~ 시원해! 고마워, 인간들아! 아, 좋다! 거기도! 흥~ 흐흥~흥~]

호기심에 긁기 시작했던 사람들은 깨달았다. 요괴뿐만이 아니라, 요괴를 긁고 있는 본인들도 뭔가, 굉장히 기분이 좋아지는 게 아닌가?

그냥 단순하게 앞뒤로 손을 흔드는 행위였지만,

북 북 북 북 북 북 북 북 북…

그 단순한 행위를 반복하다 보니, 말로 설명할 수 없는 감정이 충만하게 차오르는 것이 느껴졌다.

"아, 평온하다…"

"응? 이거 좋은데? 느낌이 아주 좋아. 아주… 기분이 좋아."

"흥~ 흐흥~"

요괴를 긁으며, 요괴를 따라 콧노래를 부르는 사람들까지 나왔다.

요괴는 눈을 감고는, 사람들이 긁어주는 손길을 마음껏 즐겼다.

[으흐응~ 시원해~ 이거야, 이거~ 흐응~]

시간이 흘러, 충분히 만족한 요괴가 눈을 뜨며 말했다.

[으아! 가려움이 다 가셨어! 고마워, 인간들아! 정말 고마워! 너무 시원했어! 너희들 정말 착하구나? 인간들아, 고마웠어…]

요괴의 반투명한 몸체가 점점 투명해지더니, 마치 공기 중으로 스며들 듯이 완전히 사라져버렸다.

도시의 사람들은 마치 꿈을 꾼 것 같았다. 다만, 요괴를 긁었던 사람들만이 자신들의 손을 내려다보며 미소를 짓고 있었다. 그들은 하나같이 만족스러운 모습이었다.

"아, 개운해! 너무 좋은데?"

"정말, 힐링되는 기분이야. 이런 기분은 처음이야."

"이상하다? 이거, 되게 행복하네? 그래, 행복이란 단어를 쓸 수 있을 것 같아."

이 기상천외한 요괴 사건은 전 세계를 놀라게 했고, 실제 요괴를 긁어본 사람들의 인터뷰를 통해서 한 가지 사실이 널리 알려졌다.

요괴를 긁으면 너무나도 기분이 좋아진다는 것.

어떤 이는 우울증과 공황장애가 치유된 것 같다는 주장을 했고, 누군가는 마약보다 더 좋았다는 표현을 쓰기도 했다.

그렇게 이 작은 도시에 전 세계의 이목이 집중됐을 때, 요괴가 다시 나타났다.

[으, 가려워! 인간들아! 나 또 가려워졌어! 응? 나 좀 긁어줘! 가려워서 미치겠어!]

전에 요괴를 긁어봤던 사람들이, 얼른 하던 일을 멈추고 손을 번쩍 들어 올렸다. 그 외에도 인터뷰를 봤거나 소문을 들었던 사람들이 손을 번쩍 들었다.

북 북 북 북 북 북 북 북 북 북…

[어어! 어! 좋아! 거기야, 거기! 아으, 시원해! 그래그래~ 좋아~ 흥~ 시원해~ 흥, 흐흥~]

고양이 얼굴의 요괴는, 또다시 눈을 지그시 감고 기분 좋은 얼굴을 했다. 손을 들고 요괴를 긁는 사람들 또한 마찬가지였다.

"정말이네! 정말로 기분이 너무 좋아."
"아, 평온하다. 마음이 훈훈해."
"좋다~ 좋아~ 흐흥~ 중독될 것 같아."

요괴와 사람, 서로에게 좋은 윈윈 게임이었다.

[으아~ 가려움이 다 가셨어! 정말 고마워, 인간들아! 다음에 또 올 테니, 그때도 부탁해! 오늘 고마웠어…]

요괴는 다시 공기 중으로 사라졌고, 사람들은 만족스럽게 씨익 웃었다. 정신이 충만하고, 상쾌하고, 개운하고… 어떤 표현을 갖다 붙여도 모자랄 만큼 정말 기분이 최고였다.

"다시 또, 요괴가 얼른 나타났으면 좋겠다! 벌써 그리워!"
"그러니까! 중독될 것 같아!"

도시의 사람들은 요괴에 대한 경계가 완전히 풀려버렸다. 오히려 요괴를 하얀 천사라 부르기까지 했다.

자신들의 도시에 요괴가 나타나 정말로 행운이라 생각했고, 실제로도 그러했다.

전 세계적으로 유명해져버린 요괴 사건은, 전 세계인의 발길을 도시로 향하게 만들었다.

도시는 요괴를 실제로 보고 싶은 사람, 한번 긁어보고 싶은 사람, 요괴가 주는 힐링 효과를 맛보고 싶은 사람들로 문전성시를 이뤘다.

요괴가 한 번 더 도시에 등장해, 이 도시를 꾸준히 방문한다는 것이 사실로 드러나자, 평범했던 도시가 세계 최고의 관광도시로 변모했다.

그 도시에 요괴가 나타날 때면, 모든 사람들이 양손을 하늘 위로 들었다.

[아이고, 가려워! 인간들아! 나 좀 긁어줘! 부탁해!]

북 북 북 북 북 북 북 북 북 북…

"아, 정말 최고야!"
"진짜 너무 좋아!"

도시의 주민들도, 관광객들도, 요괴도, 모두가 행복한 시간을 보냈다.

[오늘도 고마웠어~]

요괴가 왔다 가면, 도시에는 훈훈하고, 만족스럽고, 행복한 공기가 돌았다. 그때의 사람들은 모두 친절했고, 행복한 감정이 행복한 감정을 불러와 도시는 점점 세계 최고의 도시가 되어갔다.

이 작은 도시의 가치는 한없이 올라갔다. 세계의 유명 인사들이 아예 이 도시로 이주하기도 했다. 도시의 땅값은 빠르게 뛰었다.

이미 이곳에 집을 가지고 있던 이들은 몹시 기뻐했다. 땅값이 오를수록 기쁨의 비명을 질렀다. 그러나, 자기 집이 없던 절대 다수의 평범한 이들에게는 좋은 일이 아니었다. 그들은 상상할 수 없을 만큼 오른 방세를 감당하지 못해 도시에서 쫓겨나야만 했다.

그들도 처음에는 요괴의 존재가 도시에 내려진 축복이라 여겼다. 자신의 고향이 발전하는 것도 좋았다. 하지만 그로 인해 평생을 살아온 도시에서 쫓겨나게 되고 나니…

"저 빌어먹을 요괴 새끼!"

멀리 떨어진 옆 도시에선 아무리 손을 올려봐야 요괴에게 닿지 않았다. 요괴의 등장을 보고 달려가 봐야, 이미 늦어서 그 촉감을 경험할 수 없었다.

그들은 그냥 옆 도시에서, 먼 하늘 위에 떠 있는 허여멀건한 요괴의 모습을 보며 욕설을 내뱉을 뿐이었다.

그런 그들 중 하나가, 도시로 향했다. 예전에는 상상도 못 했던 비싼 숙박료를 내가며, 요괴가 나타나길 기다렸다.

[으으~ 가려워라! 인간들아! 나 또 가려워져서 왔어! 오늘도 긁어 줄 거지? 얼른~ 응~]

수많은 사람들이 환하게 웃으며 양손을 하늘 위로 올렸다. 거리에서도, 건물 안에서도, 도로 위에서도. 모두가 똑같이 하늘 위로 손을 올렸다.

북 북 북 북 북 북 북 북 북 북…

[아으~ 시원해~ 가릉가릉~ 흐흥~ 흥~]

하나같이 똑같은 자세로, 똑같이 팔을 흔들고 있는 사람들의 모습을 보며, 옆 도시로 쫓겨났던 그는 입술을 비틀어 웃었다.

양팔을 번쩍 높이 든 그는, 손에 닿은 요괴의 몸을 느꼈다.

이윽고 그는, 온 힘을 다해 힘껏, 요괴의 살을 쥐어뜯었다.

[앗, 따가워!]

눈을 감고 그르렁대던 요괴가, 눈을 번쩍 떴다.

그는 온 힘을 다해서 요괴의 몸을 쥐어뜯고, 뜯고, 뜯고, 뜯었다.

[앗, 따가워 따가워 따가워! 뭐야아? 누구야? 앗! 앗! 그만! 꼬집지 마! 따갑단 말이야! 앗! 아, 정마알! 에이씨!]

순간, 인상을 쓴 요괴가 하늘 위에서 사라져버렸다.

사람들은 당황했다. 평소보다 요괴가 머문 시간이 너무나 짧았다.

"뭐, 뭐야? 무슨 일이야?"

"왜 이렇게 일찍 가셨지? 흐잉~"

"따갑다는 게 뭐야? 무슨 말이야?"

도시에서, 단 한 명만이 빙그레 웃고 있었다.

사람들은 의아해했지만, 오늘은 어쩌다 아쉽게 된 날이구나 하고 대수롭지 않게 생각했다.

하지만 아니었다.

[으~ 가려워라! 인간들아! 나 좀 긁어줄래?]

요괴가 다시 등장한 곳은 그 도시가 아니었다. 먼 곳의 다른 도시였다.

그 도시의 사람들은 이게 웬 떡인가 싶었다. 이미 요괴의 능력은 전 세계적으로 명성이 자자했다. 사람들은 너 나 할 것 없이 양팔을 높이 쳐들었다.

[으흥~ 그래그래~ 좋아! 흥흥~ 너무 시원해!]

"아아~ 이거였구나! 이거였어!"
"아~ 너무 평온해!"

전 세계 최고의 도시가 바뀌는 순간이었다. 최고였던 도시가 나락으로 떨어지는 순간이었다.

그러나, 그것도 오래가진 않았다.

[앗! 따가워! 으아~ 따가워 따가워 따가워! 따갑다고! 왜 자꾸 꼬집는 거야? 힝!]

이미 요괴를 다른 도시로 옮기는 방법이 세계에 널리 퍼져버렸다. 그저 요괴를 꼬집으면 되었다.

살아 있는 축복이라 불리는 요괴를, 인간에게 정신적인 평화를 안겨주는 요괴를, 몇몇 사람들은 온 힘을 다해 꼬집었다. 자신들의 도시로 옮기기 위해, 혹은 보복을 위해 인정사정없이 꼬집었다.

[앗? 또야? 또 꼬집어? 으히잉!]

이 도시에서 며칠. 저 도시에서도 며칠. 또 다른 도시에서도 겨우 며칠.

요괴는 끊임없이 이사를 다녀야 했다. 요괴가 나타났단 소문만 퍼지면, 근처의 도시에서 달려와 미친 듯이 요괴를 꼬집어댔다. 그들을 막을 방법도 없었다. 아무 데서나 숨어서 하늘로 팔을 들기만 하면 되니까.

"젠장할! 어떤 새끼가 꼬집은 거야?"
"빌어먹을! 분명히 옆 도시 사람들일 거야! 죽일 놈들!"

많은 사람들은 도대체 이해할 수가 없었다.

분명 요괴를 긁는 행위는 인간에게 있어 평생 경험해보지 못한, 어떤 축복과도 같았다. 그 행위를 부르는 별명들만 해도 얼마나 다양했던가?

신의 선물, 영혼 힐링, 천사와의 악수, 신의 축복, 행복과의 교감…

한데 인간들은 그런 소중한 행위에 집중하지 않고, 요괴를 꼬집었다. 긁어달라 자신의 배를 내어준 요괴를 사정없이 꼬집고 또 꼬집었다.

[앗, 따가워. 으~ 여기도 꼬집는 거야? 앗! 여기도? 윽! 히잉~ 너희들도야?]

"요괴를 꼬집지 맙시다! 어떻게 축복 같은 저 요괴를 꼬집을 수 있습니까? 법적으로라도 막아야 합니다!"

자정의 목소리를 내는 사람들도 있었지만, 언제나 그렇듯 무시당했다.

"요괴 꼬집기를 금지한다면, 그건 우리 도시에서부터…"
"아니, 저놈들이 먼저 우리 도시에서 요괴를 꼬집었으니까…"
"요괴를 독식하겠다는 마음을 버리고, 주기적으로 기간을 정해서 꼬집어주는 법을 만들어…"

[으이씨! 너희들 인간은 정말 못됐구나? 필요 없어!]

요괴는 더 이상, 도시의 하늘 위에 나타나지 않았다.
사람들은 뒤늦게 후회했다.

"아니, 도대체 왜 요괴를 꼬집어가지고! 어떤 새끼야, 진짜?"
"어떻게 저 요괴의 몸을 만지고도, 꼬집을 생각을 할 수 있지? 긁기만 해도 모자랄 판에!"
"아이고, 요괴 님. 제발 다시 돌아와주세요!"

사람들은 커다란 상실감을 느꼈다. 요괴를 긁으며 느꼈던 정신적인 만족감을, 앞으로 두 번 다시 경험할 수 없을 것 같았다.

차라리 몰랐으면 몰랐지, 이미 경험을 해본 사람들은 삶의 의욕을 잃을 지경이었다.

그런데 일주일 후, 어딘가의 하늘 위로 익숙한 거대한 몸집이 떠올랐다.

"어어? 요괴 님이다! 요괴 님이 다시 나타나셨다!"

그곳은 도시 근처의 정글이었고, 가까운 데 있던 사람들은 전력을 다해 그곳으로 뛰어갔다. 숲을 헤치며 뛰고 또 뛰었다.

그리고 그들은 보았다.

수많은 원숭이들이 양팔을 하늘 위로 높이 들고 있는 모습을.

"…"

요괴는 인간이 알아들을 수 없는 원숭이의 말로 대화를 하며, 기분 좋게 눈을 감고 그르렁대고 있었다. 원숭이들도 기분 좋은 표정으로 손을 흔들고 있었다.

가까이 간 인간들이 하늘 위로 손을 들어봤자, 아무것도 느껴지질 않았다.

뺏겼다. 너무나도 소중한 긁는 행위를 원숭이에게 빼앗기고 말았다. 고작 원숭이. 한낱, 원숭이에게.

항문이 없는 요괴

항문이 없는 요괴가 나타났다.

요괴가 처음 나타난 곳은, 번화가의 공중화장실 천장이었다.

[와~ 인간들아, 너희들 똥 누니? 와~ 부럽다! 똥 눠서 좋겠다, 너희들!]

"으아악?"

화장실에서 볼일을 보던 사람들은 바지도 제대로 못 챙겨 입고, 비명을 지르며 밖으로 뛰쳐나갔다.
그러거나 말거나, 요괴는 화장실 밖으로 나와서 인간들을 부러워했다.

[너희 인간들은 정말 좋겠다! 항문도 있고 말이야! 나도 항문이 있었으면 얼마나 좋았을까?]

"꺄아악!"

허공을 유영하듯 날아다니는 요괴의 모습을 본 사람들은 비명을 지르며 도망 다녔다.

요괴는 마치, 바람 빠진 하얀 풍선처럼 흐물거리는 몸을 가지고 있었다.
다만 그 풍선의 입구 부분은 커다란 정삼각형 모양으로 벌려져 있었는데, 삼면이 붉은 입술과 그 안쪽의 날카로운 이빨, 안에서부터 날름거리는 검은 혓바닥이 그것이 입이라는 사실을 말해주고 있었다. 그 입안을 더 자세히 살펴보니, 입안 천장 쪽에 두 눈과 콧구멍이 달려 있어, 안에서부터 인간들을 둘러보고 있었다.

[아아~ 나도 항문이 있었다면 매일매일 먹고 매일매일 똥 눌 텐데! 너희는 정말 좋겠다.]

요괴는 이상한 소리를 떠들며 허공을 유영하더니, 시내 곳곳의 화장실들을 훔쳐보면서 인간들을 부러워했다.
순식간에 SNS 등을 통해서 요괴의 존재가 널리 퍼졌다. 긴장한 공권력이 요괴에 대응하려 했지만, 요괴는 딱히 공격성이 있어 보이지 않았다. 게다가 하는 말이라고는 죄다 항문 아니면 똥이니…

[아~ 억울해! 왜 우리 형제들은 항문 없이 태어났지? 잘생긴 입을 가진 탓인가? 으아, 나도 똥 누고 싶다!]

이런 꼴이니, 점점 요괴에 대한 두려움이 약해져갔다. 혹시 인간에게 무해한 건가 싶기도 하고, 종국에는 방송국 관계자들까지 와서 실시간으로 요괴와의 인터뷰를 시도했다. 예상외로 요괴가 인간 세상에 온 목적에는 반전이 있었다.

"다, 당신은 뭡니까? 이곳에 온 목적이 뭐죠?"

[어! 난 인간을 잡아먹어볼까 싶어서 왔어!]

"뭐, 뭐야?"

방송을 본 사람들은 요괴의 말에 경악했다. 인간을 잡아먹는다니, 정말로 유해한 요괴가 아닌가?

"인간을 먹겠다고요?"

[음~ 아직 몰라! 난 정말 특별한 걸 먹어야 하거든!]

"뭡니까? 무슨 말이죠, 도대체? 인간을 먹겠다는 겁니까, 안 먹겠다는 겁니까?"

요괴는 갈등하는 듯, 제자리에서 왔다 갔다 한숨을 푹푹 내쉬며, 자신의 사연을 얘기했다.

[너희들이야 항문이 있어서 모르겠지만, 우리 형제들은 태어날 때부터 항문이 없거든! 그래서 우리 형제는 평생 딱 한 번밖에 음식을 먹지 못해! 먹고 난 다음에, 똥을 눌 수가 없어서 말이야!]

"뭐라고요?"

[매일같이 똥을 눌 수 있는 너희들은 정말 축복받은 존재들인 거야! 아~ 정말 부럽다!]

"…그러니까, 평생 단 한 번만 먹을 수 있다는 겁니까? 인간을 먹는다면, 한 명만?"

[응, 그렇지! 근데, 아직 결정한 건 아니야. 생각해봐~ 평생 단 한 번만 먹을 수 있고, 그 맛 하나만을 되새김질하며 살아야 하는데! 신중히 결정해야 하지 않겠어?]

"그렇군요…"

[인간을 먹을까 말까, 고민이야! 아직 형제 중에 인간을 먹어본 요괴는 없거든! 우리 큰형은 말이야, 소나무를 먹었는데, 나보고도 소나무를 먹으라지 뭐야? 솔잎 향이 좋다나? 큰형은 평생 솔잎 향을 되새김질하고 있거든!]

"아. 그럼 당신도 소나무를 먹는 게 어떨지요?"

[아~ 안 돼! 난 채식보다는 육식을 해보고 싶거든! 근데, 고기도 잘 골라야 해. 우리 동생이 참 불쌍하지. 글쎄, 하이에나 고기를 먹었는데, 평생 노린내 나는 맛을 되새김질하고 있어!]

요괴는 한참 동안 형제들의 식사에 대해 주절주절 얘기했다. 그러다 퍼뜩, 방송국 기자의 머리 위로 날아오는 게 아닌가.

[역시 인간 고기를 먹는 게 낫겠지? 다른 요괴들 말로는 그렇게 맛있다던데!]

기겁한 기자가 엉덩방아를 찧었다. 그러거나 말거나 요괴는 다시 휙 뒤돌아,

[아니야. 신중히 결정해야 돼. 평생 한 번이라고! 인간을 먹더라도

맛있는 인간, 맛없는 인간을 잘 골라야 돼!]

계속해서 허공을 유영했다.

요괴는 며칠 동안 번화가 한가운데에서 사람들의 머리 위를 날아다니며 먹을까 말까를 고민했고, 그 때문에 시내에 사람이 사라져, 가게 주인들은 울상을 지었다.

"미치겠네! 저 요괴는 왜 하필 여기서 날아다니는 거야?"
"저것 때문에 장사가 안 돼, 장사가! 저거 죽일 수도 없다며? 총알도 다 통과해버린다던데… 어휴!"

그들은 솔직한 말로, 그냥 요괴가 아무나 잡아먹고 가줬으면 하는 바람이었다.
한데, 그들의 소원이 이뤄질 만한 일이 벌어졌다.

"요괴 님! 저를 먹어주십시오!"

[뭐? 너를?]

자진해서 요괴에게 먹히겠다며 한 사내가 나타난 것이다.

"어차피 실패한 제 인생에 더 이상의 의미는 없습니다. 누군가 죽어야 끝나는 일이라면, 제가 희생하겠습니다!"

[흐음. 그래? 너 맛있어?]

"돼지도 이 돼지나 저 돼지나 맛은 다 똑같습니다! 어차피 인간 맛도 다 똑같지 않겠습니까?"

[글쎄… 어쩔까~]

요괴는 사내 근처를 유영하다가, 위로 날아올랐다.

[역시 좀 더 생각해봐야겠어! 평생 딱 한 번의 식사인데 신중해야지!]

"아! 요괴 님! 저를 드십시오! 이것만 약속해주십시오! 인간을 먹으려거든, 꼭 저를 드십시오!"

[생각해볼게~]

사내는 요괴를 쫓아다니며 자신을 먹을 것을 계속 종용했다. 아예, 시내에서 꼬박 밤을 새우기도 했다.

사내의 모습은 사람들에게 커다란 반응을 불러왔다.

"정말 놀라운 남자야! 어떻게 저렇게까지 자신을 희생할 수 있지?"

"와~ 저 사람이 우리 번화가의 구원자구나!"

방송국도 사내와 인터뷰를 했다.

"어떻게 그런 결심을 하게 되신 겁니까?"

"아… 저는, 어차피 누군가 해야만 하는 일이라면, 제가 하자고 마음먹었습니다. 제 목숨 하나로 사람들이 불안에서 벗어날 수 있다면 그걸로 족합니다."

사내는 수많은 방송국의 취재 열기 속에, 하루 만에 최고 스타의 대우를 받았다. 사람들은 사내의 행동에 감탄하고, 감동하며, 찬양했다.

하지만 사내가 유일무이한 특이 인간은 아니었다.

"요괴 님! 저를 드세요!"

"아니! 나를 먹어줘! 제발 나를 먹어줘!"

"제가 더 맛있을 겁니다!"

전 세계에서 요괴에게 먹히길 자원하는 사람들이 번화가에 속속 도착하고 있었다.

[뭐야? 먹히고 싶은 인간들이 이렇게 많다고? 너희 인간들은 참 희한하네.]

그 말이 맞았다. 세상은 넓었고, 특이한 인간은 많았다.

어차피 평범한 사람들은 특이한 그네들을 이해할 수 없었지만, 그들이 요괴에게 가장 매력을 느꼈던 부분은 대체로 동일한 듯했다.

“전 인류 중에 오직 한 명밖에 먹지 못한다잖아! 세상에서 단 한 명! 그게 내가 되고 싶어!”

일반인들은 이해될 것 같으면서도, 이해되지 않는 이유였다.

일이 이렇게 되자, 졸지에 그들 사이에 경쟁이 붙었다. 요괴의 한 끼 식사가 되기 위한 경쟁이었다.

[뭐 이렇게 많아? 누구를 먹어야 하는 거야, 도대체?]

“요괴 님! 저를 드십시오! 저는 채식주의자라서 맛이 담백할 겁니다!”

“웃기지 마! 당신은 암에 걸렸잖아? 썩은 고기라고! 요괴 님! 저를 드십시오!”

“지방으로 뒤룩뒤룩한 당신을 먹으면 입맛만 버릴걸? 하려던 대로 가서 자살이나 하셔!”

"당신들 다 집어치워요! 여자가 남자보다 더 살이 연해요!"

"요괴 님! 저런 사회 부적응자들과 인생 패배자들의 고기는 썩은 맛이 날 겁니다! 저는 성공한 CEO입니다! 성공한 고기를 드시는 게 어떻겠습니까?"

[아, 미치겠네! 난 아직 인간을 먹을지도 결정하지 않았단 말이야! 평생 한 번뿐이라고, 난.]

사람들은 이제 이 기묘한 광경을 흥미롭게 바라보았다. 세계에서 모여든 특이 인간들은 한 명씩 늘어났고, 그들과 요괴를 구경하기 위해 모여든 사람들은 엄청나게 늘어났다. 요괴가 나타난 번화가는 전 세계에서 가장 주목받는 곳이 되어 있었고, 어느새 거리는 사람들로 발 디딜 틈 없이 빽빽해졌다.

번화가의 상인들은 함박웃음을 지었다.

"요괴 덕분에 장사가 잘돼서 정말 살맛 나네!"

"크. 우리 번화가 명물로 영원히 남으면 좋을 텐데!"

"요괴 상품 판매합니다! 요괴 상품!"

그러던 어느 날, 요괴가 드디어 결단을 내렸다.

[알았어! 인간을 먹을게! 난 인간을 먹기로 결정했어! 평생 딱 한 번 먹을 수 있는 식사를 인간으로 하겠어!]

"와아!"
"오오오!"

사람들은 환호했다. 먹히기 위해 모인 사람들뿐만 아니라, 이 흥미로운 대사건을 즐겁게 지켜보던 나머지 사람들도 환호했다. 요괴가 인간을 먹겠다는데, 그랬다.

[그럼 누구를 먹을까 결정해야 하는데…]

"요괴님, 저요! 저를 드세요!"
"아니! 나! 내가 먹힐 거야!"
"저를 선택해주세요!"

[아으~ 또 선택해야 돼? 미치겠네!]

요괴는 우왕좌왕 허공을 유영하다가, 그들의 머리 위로 날아다니며 후보를 추렸다.

[여기 뚱뚱한 인간! 여기 어린 인간! 여기 늙은 인간! 이 셋 중에 한 명을 먹을게!]

"와아아!"
"오오!"

"드디어 먹는단다!"

사람들은 드디어 결정된 후보군을 보며 환호했다. 사람이 요괴에게 먹힌다는 것을 알고는 있는 건지, 현장은 흡사 축제 분위기와 같았다.

후보 셋은 급조한 무대 위에 올랐고, 그 모습이 전 세계로 생방송됐다. 사람들은 모두 하던 일을 멈추고 TV 앞에 모여 화면에 집중했다. 인터넷에서도 드디어 요괴가 사람을 먹는다며 열광했다.

많은 이들이 즐겼다. 이 상황이 끔찍하다고 생각하는 사람들은 되레 소수였다. 이상한 일이었다. 그들이 스스로 나섰다는 합리화를 해보아도, 참 이상한 일이었다.

[아~ 누구를 먹어야 하는 거야! 나 누구 먹어? 응? 인간들아, 나 누구 먹을까?]

요괴는 셋의 머리 위를 날아다니며 고민하다가, 하늘로 솟구치며 말했다.

[으~ 도저히 결정을 못 하겠어! 너희 인간들이 나 대신 결정해줘! 그 인간을 먹을게!]

현장의 사람들은 웅성거렸다. 우리가 한 명을 골라야 한다고? 요괴가 알아서 잡아먹는 건 상관없지만, 우리가 희생자를 고르는 것은 좀 그런데…

그때, 무대 위에 있던 뚱뚱한 남자가 앞으로 나서며 소리쳤다.

"제가 먹혀야 합니다! 제 꼴을 보십시오! 이게 사람입니까?"

남자는 자신의 늘어진 살을 흔들고, 얼굴을 가리키며 열변을 토했다.

"제 얼굴은 또 어떻습니까? 이렇게 혐오스럽게 생긴 사람을 본 적이 있습니까? 저 같은 사람은 살아 있을 필요가 없습니다. 저는 친구도 한 명 없고, 직업도 없고, 하루 종일 방구석에 처박혀서 게임만 하는 인간쓰레기입니다."

"…"

"맞잖습니까? 제가 시내를 지나다니면 사람들은 모두 저를 훔쳐보며 비웃습니다. 어떤 이들은 대놓고 욕을 하기도 합니다. 이 세상에 뚱뚱하고 못생긴 건 죄이기 때문입니다. 어렸을 때부터 저는 뚱뚱했고, 못생겼고, 항상 왕따를 당했습니다. 사회에 나와선 나아졌을까요? 아니요. 사회에서도 저는 그냥 혐오스럽고 못생긴 돼지일 뿐이었습니다. 세상에는 그냥 인간과 못생기고 뚱뚱한 인간이 존재합니다. 못생기고 뚱뚱한 인간은 자기 관리를 못 하는 인간이고, 게으른 인간이고, 의지가 약한 인간입니다. 그렇죠? 그렇게 생각들 하시죠? 그런 인간이 굳이, 필요한가요? 필요 없지 않습니까? 그러니까 제가 죽어야 합니다!"

"…"

남자는 울분을 토해가며 열정적으로 자신을 어필했다. 꼭 자신이 먹혀야 한다며 소리쳤다.

그런데 희한한 일이 벌어졌다.

웅성거리는 사람들의 반응이, 남자의 의도와는 반대로 흘러가는 것이었다.

"저 남자, 먹히지 않았으면 좋겠다."

"뚱뚱하다고 먹혀야 하는 건 아니지! 그런 게 어딨어!"

"누가 외모 가지고 사람 욕하고 그런대? 진짜 저급한 사람들이다!"

남자는 당황했다. 하지만 사람들은 계속해서 소리쳤다.

"죽지 마세요! 당신은 죽으면 안 됩니다!"

"당신이 왜 필요 없는 사람이야? 세상에 필요 없는 사람이 어딨어? 당신을 필요로 하는 사람이 분명 존재할 거야!"

"죽어야 할 사람이 있다면 그건 당신을 모욕한 사람들이지, 당한 당신이 왜 죽어?"

현장의 사람들, TV 앞에 모인 사람들 할 것 없이 수많은 사람들이 한마음으로 남자가 죽지 않길 바랐다.

남자는 그 모습을 보고 말문이 막혔다.

"…"

수많은 사람들의 격려와 응원, 눈앞에 펼쳐진 이상한 광경, 처음 보는 그 광경을 바라보던 사내는, 부들부들 떨다가 말없이 뒤돌아 걸었다.

걸어 들어가는 그의 뒷모습에 대고 사람들이 끝까지 응원을 보내는 가운데, 어린 여인이 앞으로 나섰다. 사람들의 시선이 여인에게로 옮겨 갔을 때, 여인이 팔을 들어 올려 소매를 걷었다.

"보이시죠?"

여인의 팔목에는 칼로 그은 자국들이 있었다.

"저는 어차피, 여기서 선택되지 않아도 죽을 거예요. 그러니까 제가 죽을게요."

앞서 남자의 여운이 남아서일까, 누군가 소리쳤다.

"아가씨는 왜 죽으려고 하는 거요? 거 젊은 아가씨가, 참!"

여인은 신경질적으로 쏘아붙였다.

"무슨 상관이에요? 내가 죽겠다는데 내 마음이지!"

"참나, 사람 목숨 귀한 줄을 모르고 말이야! 요즘 어린 애들은 이래서 문제야! 이 편한 세상에 뭐 힘든 게 있다고 툭하면 자살이니 뭐니. 우리 때는 먹고살기 바빴는데."

한 남자의 꼰대 같은 소리에, 여인이 울컥했다.

"당신이 뭘 안다고! 내가 어떻게 살아왔는지도 모르면서 왜 함부로 지껄여?"

여인은 발악하듯 소리쳤다.

"편한 세상? 편한 세상 살았다고? 그래, 이 편한 세상에서 내가 어떻게 살았는지 들려줘? 태어나자마자 아버지는 바람나서 도망가고! 엄마도 친척 집에 날 버리고 도망가고! 어? 친척 집에서 눈치 보며 살다가, 중학교 때부터 씹새끼한테 강간당했어! 중학생 때! 당신 중학생 때 뭐 했는데? 어?"

"…"

"씨발, 고등학교 때 도망쳐 나와서, 팔려 간 곳이 또 술집이야! 하루하루 죽고 싶은 마음으로 살다가도, 언젠가 엄마 찾아갈 거라고, 엄마 한번 보러 가려고 그렇게 살았는데! 어!"

여인은 어느새 눈물을 쏟아내고 있었다.

"겨우 찾아갔더니… 엄마는 나 같은 거 낳은 적도 없다고, 기억도 안 난다고! 내가 어떻게 찾아간 건데… 내가 어떻게 살아왔는데!"

"…"

"난 살기 싫어! 이런 세상, 당신이 말한 그 편한 세상! 정말로 난 살기 싫다고!"

"…"

"…엄마한테 보여줄 거야. 엄마가 낳은 딸이 어떻게 죽는지, TV로 똑똑히 지켜보라고!"

울며불며 절규하는 여인의 모습에 사람들이 숙연해졌다. 곧, 누군가의 한마디가 조그맣게 들려왔다.

"어떡해…"

울먹이는 사람들의 말이 여기저기서 들려왔다.

"세상에…"

"어떡해, 진짜…"

"어휴. 세상에 그런 죽일 연놈들이!"

수많은 사람들이 울면서 여인의 사연에 함께 아파했다.
이번에도 사람들은 한목소리로 외쳤다.

"죽지 마요! 제발 죽지 마세요, 아가씨!"
"죽으면 안 돼요! 그렇게 불쌍하게만 살다가 가면 억울해서 어떡해!"

울던 여인의 눈에, 자신보다 더 섧게 울어주는 수많은 사람들이 보였다. 응원해주고, 격려해주고, 당장 무대 위로 손수건을 건네주려는 손들이 보였다.
여인은 주저앉아버렸다.
곧, 마지막 후보인 노인이 다가와서 여인의 어깨를 토닥이며 뒤로 물러나게 하고는, 사람들 앞에 나섰다.

"이제 잡아먹힐 사람이 정해진 것 같습니다…"

노인은 담담하게 말했지만, 사람들의 분위기는 이미 달라져 있었다. 노인의 사연을 듣기도 전에 죽지 말라는 말이 쏟아졌다.
노인은 고개를 저으며 담담히 말했다.

"저는 살 만큼 살았습니다. 만약 지금 요괴에게 잡아먹히지 않더라도, 몇 년 안에 자연히 늙어 죽을 겁니다. 다른 젊은이들의 아까운 목숨을 버리느니, 제가 죽는 것이 낫습니다."

누군가 반박했다.

"세상에 그런 게 어딨습니까? 나이를 떠나서 사람의 목숨은 평등합니다!"

"…"

노인은 잠깐 말을 멈췄다가, 자신이 왜 죽어야 하는지를 이야기했다.

"지나가다가, 폐지 줍는 노인을 보신 적이 있습니까? 그게 바로 접니다. 폐지를 줍는 인생. 여러분이 만약 그런 인생을 살아야 한다면 어떻겠습니까? 하루 종일 폐지를 줍고, 그렇게 해서 몇천 원도 안 되는 돈을 벌고, 굶어 죽지 않을 정도로만 밥을 먹고, 다시 새벽부터 폐지를 줍고… 그 인생에 의미가 있어 보입니까?"

"…"

"솔직하게 말하겠습니다. 저는… 외롭습니다. 장성한 자식들은 저를 찾지 않은 지 오래고, 어디서 무얼 하고 있는지도 모릅니다. 말을 나눌 동무들도 다 세상을 떠났고, 제 주변에는 사람이 없습니다. 아직 살아지니까 살긴 하는데, 제가 왜 살고 있는지는 모릅니다. 그냥 아직 살아지니까 살 뿐입니다. 이렇게나 외로운데, 죽는 그 순간만이라도 특별하게 죽고 싶습니다. 세상 모든 사람들의 관심 속에서 그렇게, 죽고 싶습니다. 마지막 소원입니다."

"…"

노인의 말은 너무나 담담하여, 꼭 다른 사람의 이야기를 하는 듯했다.

하지만 이번에도 노인의 이야기는 정반대 효과를 불러왔다.

"할아버지, 죽지 마세요!"

"외로우시면 제가 한번 찾아뵐게요!"

"댁에 김치는 있으세요? 반찬이랑 좀 나눠드릴게요!"

수많은 사람들이 노인의 죽음을 반대했다. 기세에 휩쓸려 하는 말인지는 몰라도, 수많은 사람들이 노인의 외로움을 달랠 방안들을 쏟아냈다.

그 모습을 본 노인의 눈시울이 붉게 물들었다.

한동안 말이 없던 노인은, 갑자기 고양이 이야기를 꺼냈다.

"저는… 고양이를 좋아합니다."

"?"

"동네 길고양이들을 볼 때면 걱정을 하곤 합니다. 먹을 게 없어 굶어 죽는 고양이들이 있을 텐데… 겨울이면 추워서 얼어 죽는 고양이들도 많을 텐데… 새끼 고양이들이 태어나면 그중에

몇 마리나 살아남을까 걱정을 합니다. 실제로 지금 이 순간에도 수많은 길고양이들이 길 위에서 죽어가고 있겠죠. 그렇지만, 저는 본 적이 없습니다. 어디서 혼자 몰래 죽는 건지, 이상하게도 아직 본 적이 없습니다."

"…"

"실은… 저는 그게 저희 폐지 줍는 노인들 처지와 같다고 생각합니다. 안타깝게 바라보기야 하겠지만, 어쩔 수 없습니다. 지금도 노인들은 길고양이처럼 어딘가에서 혼자, 아무도 몰래, 죽어가고 있습니다. 저는 그렇게 죽기 싫습니다. 죽더라도 많은 사람들이 알게 죽고 싶습니다…"

그 말을 끝으로 노인은 뒤돌아 걸어갔다. 사람들은 할 말을 찾지 못하고, 굳은 얼굴로 노인의 말을 곱씹었다.

곧, 하늘에서 요괴가 내려왔다.

[인간들아! 결정했어? 나 누구 먹으면 돼? 누구 먹을까?]

사람들은 곤란해졌다.

세 명의 후보가 자신이 꼭 먹혀야 하는 이유를 밝힐 때마다, 오히려 절대 죽지 말아야 할 사람이란 생각만 들었다.

결국, 사람들은 이렇게 외쳤다.

"저 사람들 먹으면 안 돼요!"

"그래! 저 사람들 먹지 말라고!"
"인간은 맛없어요! 다른 게 더 맛있어요!"

[뭐라고?]

요괴는 황당해서 빙글빙글 돌았다.

[이게 뭐야! 나보고 먹어달라고 난리 치던 인간들은 다 어디 간 거야?]

수많은 사람들이 "먹지 마! 먹지 마!"를 연호했고, 그 밖의 다른 소리들은 모두 묻혀서 들리질 않았다.
그리고, 이 요괴는 참 한결같은 점이 있었다.

[음~ 그럼 그럴까? 인간 말고 딴 걸 먹을까? 으~ 고민되는데!]

"와아!"

사람들이 환호했고, 요괴는 하늘을 왔다 갔다 하며 다시 고민에 빠졌다.

[그럼 뭘 먹지? 뭘 먹어야 하는 거야! 아, 미치겠네. 뭐가 좋을까? 난 항문이 없어서 평생에 한 번밖에 못 먹는단 말이야!]

요괴가 연처럼 날아다니는 하늘 위로, 사람들의 박수와 함성이 울려 퍼졌다.

요괴에게 먹혀도 될 사람은 이곳에 없었다. 뚱뚱한 사람도, 못난 사람도, 슬픈 사람도, 아픈 사람도, 외로운 사람도, 누구도 그래서는 안 되었다.

세상에서 가장 예쁜 요괴

세상에서 가장 예쁜 요괴가 나타났다.

그 요괴가 세상에서 가장 예쁘단 이야기는, 다름 아닌 본인의 입에서 나왔다.

[세상에! 정말로 쫓겨났잖아? 너무 예쁘다고 요괴 세계에서 추방당하는 게 말이나 돼? 어머어머, 어쩜! 예쁜 것도 죄야?]

“꺄아악!”

요괴의 주장과는 달리, 그 외모는 사람들의 비명을 자아내기에 충분했다.

얼핏 보면 두 발로 선 하얀 해삼 같았다. 우둘투둘 뚱뚱한 몸체에, 사람의 것과 닮은 팔다리에는 치렁치렁한 털이 잔뜩 늘어져 있었고, 짧고 두꺼운 목 위로 넙데데한 머리는 마치 제멋대로 자란 감자처럼 울퉁불퉁했다. 가로로 길게 찢어진 두 눈은 관자놀이 근처에 매달려 빠르게 깜박였고, 커다란 들창코는 따로 살아 있기라도 한 것처럼 계속 벌렁거렸다. 우묵우묵 파인 피부에 눈썹과 머리카락이 없었고, 귀는 너무 작고, 입술은 꿈틀거리는 지렁이처럼 비틀려 있었다. 어떻게 봐도 절대 예쁘다고 볼 수 없었지만, 그 요괴는…

[어휴~ 세상에서 가장 예쁜 것도 죄야? 진짜 너무하네!]

요괴가 나타난 곳은 번화가의 쇼핑가였는데, 사람들이 비명을 지르며 도망을 가든 말든 요괴는 제 사정만 떠들었다.

[글쎄, 내가 너무 예뻐서 요괴 세계에 자꾸 분쟁이 일어난다잖아! 어이가 없어서! 나는 그것들한테 눈길 한번 안 줬는데 말이야! 예쁘다는 이유로 추방이라니, 이해가 돼? 정말 어이없다. 그렇지?]

요괴의 말에 호응해줄 인간은 없었다. 다들 도망가기 바빴으니까.

[인간들아~ 왜들 이렇게 호들갑이야? 이해할 수가 없네? 음~ 역

시, 내가 너무 예뻐서 그런가? 호호호!]

요괴는 머리를 갸웃하다가 상관없다는 듯, 거리 한쪽의 옷가게로 향했다.

[으… 맨몸으로 쫓겨날 줄이야! 하여간에 요괴 놈들은 무식해! 뭐라도 좀 걸쳐야지.]

3미터에 달하는 요괴가 입을 만한 옷이 존재할 리 없었다. 그러나 요괴는 머리를 들이밀어 가게 안을 살피더니, 여러 장의 옷을 꺼내 엮기 시작했다.

[너희 인간들은 미적 센스가 없구나? 어쩔 수 없지. 일단 급한 대로 처리할 수밖에…]

요괴는 대충 엮은 옷들을 몸 위에 걸치고는 불만스럽게 투덜거렸다.

[으… 전혀 품위가 살지 않아! 이게 뭐야? 내가 아름다워서 다행이지!]

"저, 저 말하는 괴물은 도대체 뭐야?"

도심 속에 나타난 괴생물체의 존재는 긴급 뉴스감이었다. 소식을 접한 방송국 카메라와 군부대는 출동을 서둘렀다.

그러거나 말거나, 요괴는 이번엔 보석 가게를 털었다.

[알맹이들이 왜 이렇게 작아! 예쁘게 반짝이는 것들 없나? 흐흥~]

시내의 가게 이곳저곳을 들르며 자신을 치장하는 데에 열중인 요괴.

그사이 도착한 병력이 요괴를 경계했고, 방송국 카메라들이 요괴의 모습을 전국으로 중계했다.

곧, 정부 대표가 확성기를 들고 앞으로 나서서 물었다.

"당신은 혹시, 외계인입니까?"

대표의 질문이 뜬금없는 것은 아니었다. 인류가 한창 화성으로 유인우주선을 쏘아 보내던 시절이라, 외계인일 가능성을 떠올릴 만도 했다.

그러나 요괴는 황당하다는 얼굴이었다.

[외계인? 무슨 실례되는 말을! 난 세상에서 가장 예쁜 요괴야!]

"요괴? 그, 그럼 당신의 목적이 무엇입니까?"

[아까부터 말했잖아~ 내가 너무 예뻐서 요괴 세계에서 추방당했다고! 어쩔 수 없이 앞으로는 너희 인간들과 공존해야겠어!]

"고, 공존?"

[응! 그렇게 됐으니, 너희 인간들이 내 품위 유지를 책임져줘야겠어! 일단 내 아름다움에 어울릴 만한 저택을 준비해주고, 내 아름다움을 빛나게 해줄 예쁜 옷과 장신구를 마련해줘!]

요괴의 당당한 주장에 사람들을 당황했다. 물론 저런 특별한 존재는 마땅한 관리를 받게 되긴 하겠지만… 품위 유지라니?

[걱정하지 마! 공짜로 챙겨달라는 건 아니야! 내게는 요능이 있으니까!]

"요능?"

[어! 나는 너희들 모두를 예쁘게 만들어줄 수 있어! 내 요능으로 말이야!]

"예쁘게?"

요괴의 말은 카메라를 통해 전 세계로 방송됐고, 많은 사람들이 그 이야기에 흥미를 느꼈다.

요괴는 요능에 대해 좀 더 자세히 설명했다.

[잠의 마법에 빠진 미녀라고나 할까? 사실, 내가 잠든 동안에는 내 아름다움이 내 몸을 빠져나가! 내 몸을 떠난 아름다움은 세계로 퍼져서, 너희들 모두를 아름답게 변화시킬 거야. 어때? 너무 좋지?]

"그, 그 무슨…"

[뭐니 뭐니 해도 예쁜 게 최고라고! 나처럼 예뻐지고 싶지 않아? 호호호!]

방송을 보던 사람들은 자기도 모르게, 절대 너처럼은 예뻐지고 싶지 않단 말을 내뱉었다. 저 끔찍한 외모가 어딜 봐서 세상에서 가장 예쁘다는 건지?

요괴는 곧, 커다란 하품을 했다.

[하암… 마침 잠도 오는데 한번 보여줄까? 그게 낫겠다! 난 이제부터 조금 잘 테니까, 다들 예뻐지는 것을 즐겨봐!]

"자, 잠깐! 잠깐만!"

요괴는 근처 가게에서 털었던 옷가지들을 쌓아놓고 그 위에서 잠을 청했다.

사람들은 당황했다. 무장한 병력 틈에서 이렇게 무방비로 잠에 빠져들다니…

이걸 기회로 여겨 지금 공격해야 하는 건지 망설이고 있을 때,

찡!

요괴의 몸에서 새하얀 빛무리가 빠져나왔다.

빛무리는 지구 전체를 한 바퀴 돌며 전 인류를 통과했다. 깜짝 놀란 사람들이 움찔할 때, 요괴의 겉모습이 변했다. 마치 비쩍 마른 고목처럼 몸이 가늘어졌다. 하지만 사람들의 관심은 요괴의 변화에 있지 않았다.

"세상에! 연예인보다 더 예쁜 사람이?"

"어머! 이게 내 얼굴이라고?"

"다, 당신? 당신, 맞아? 왜 이렇게 잘생겼어?"

"그러는 당신은?"

전 인류가 서로를 보며 놀랐고, 거울을 보며 놀랐다. 누구 하나 아름답지 않은 사람이 없었다. 요괴의 말은 정확히 사실이었던 것이다.

사람들은 흥분을 억누를 수 없었다. 평소 외모 콤플렉스가 있

었던 사람들은 감격으로 눈물을 흘리기도 했다. 당장 눈앞에서 요괴를 상대하고 있는 사람들은 몰라도, 대부분의 인류는 이 순간을 즐기기 시작했다.

아름다워진 자신과 주변인들을 보며 연신 감탄하고, 신이 나서 사진을 찍고, 더 예뻐 보이게 꾸며보고, 서로 사랑을 나누고. 모르긴 몰라도 지금 이 순간, 전 세계의 행복 지수가 엄청나게 올라 있었을 것이었다.

그 마법 같은 시간은 약 여섯 시간 동안 지속되었다.

[아으으음!]

요괴가 깨어나자마자, 번쩍하고 빛무리가 일더니 다시 요괴에게로 흘러들었다. 순간, 전 세계에서 동시다발적으로 안타까운 탄식이 터졌다.

"아!"

"아…"

"아아!"

원래대로 돌아간 자신의 모습에 사람들은 힘이 빠졌다. 게다가 잔뜩 찍어놓았던 사진들까지 원래 모습으로 변해 있는 건 정말 너무하다고 생각했다.

"이게 뭐야…"
"쩝. 이게 원래 내 얼굴이지."

다시 뚱뚱해진 요괴는 기지개를 켜며 투덜거렸다.

[아앙! 역시 맨바닥에선 숙면을 취할 수가 없어! 저택이 필요해!]

곧, 인간들을 둘러본 요괴가 당당하게 말했다.

[안 되겠어! 어서 내 저택을 구해줘. 나는 이런 길바닥에서 자기엔 너무 예쁘다고!]

"…"

이번엔 사람들도 그 말에 황당해하지 않았다. 다시 한 번 아름다움을 맛보고 싶었으니까.

⋮

세상에서 가장 예쁜 요괴는 인간과의 공존에 성공했다.
전 세계의 여론이 그랬다. 인류는 요괴의 품위 유지를 책임지기로 했다.
요괴의 취향에 맞춘 호사스러운 의식주가 제공되었다. 요괴는 지금 생활에 매우 만족했다. 사실 요괴가 온종일 하는 일이라고 해봐야, 자신의 외모를 가꾸며 만족하는 일뿐이었다. 예쁜 옷을 입어보거나 장신구를 걸쳐보거나 하는.

[아~ 나는 정말 너무 예뻐! 이렇게 예뻐도 되는 거야? 호호호!]

이런 빈둥대는 생활이 허락되는 이유는 역시, 요괴의 요능 덕분이었다.

[하암! 이만 자야겠네. 내일도 더 예뻐질 나를 기대해야지!]

사람들은 그때만 기다렸다.

"잔다!"
"드디어 잔다!"
"잠든다!"

요괴가 잠들고 빛무리가 사람들을 관통하면, 그때부터 사람들은 축제를 즐겼다.

"으흐흐! 너무 예뻐! 좋아 좋아~"
"아, 오빠, 너무 잘생겼어!"
"너야말로 너무 아름다워!"

봐도 봐도 질리지 않는 외모였다. 얼굴만 봐도 배부르다, 얼굴만 봐도 화가 풀린다, 얼굴만 봐도 웃음이 나온다, 이런 말들이 아주 틀린 말들은 아니었다. 실제로 요괴가 잠든 후에는 행복 지수가 매우 높아졌고, 범죄율도 낮아졌다. 외출을 자주 하니 경제 활성화에도 좋았고, 사랑을 자주 나누니 임신하는 사람들도 늘어났다.

세상에서 가장 예쁜 요괴가 잠들면, 세상은 가장 아름다워졌다.

그러나,

[흐아암! 잘 잤다! 오늘도 예쁘네!]

"아!"

"아아."

"안 돼!"

요괴가 잠에서 깨어나면 사람들은 허탈해졌다. 상실감이 꽤 컸다. 어떤 이들은 자신의 진짜 얼굴은 요괴가 잠든 후의 얼굴이라고 생각하기도 했다. 시간이 흐를수록 그런 인식은 점점 늘어만 갔고, 그들은 요괴가 깨어나 본래대로 돌아가는 것을 무척 속상해했다.

밤낮 없는 불규칙한 취침 시간도 불만이었다. 요괴가 자신과 같이 잠들기라도 하는 날이면 짜증이 솟구쳤다. 평균 여덟 시간 취침도 너무 짧게만 느껴졌다. 사람들은 점점 요괴가 영원히 잠만 잤으면 좋겠다고 생각하게 되었다.

"요괴가 먹는 음식에 수면제를 좀 타면 안 되나?"
"그러니까! 요괴가 한 열다섯 시간씩 잤으면 좋겠다니까!"

말뿐으로 그치지 않았다. 처음에는 가볍게, 졸음을 유도하는 식단으로 시작했다. 미세하지만 효과가 있었고, 요괴의 평균 취침 시간이 한 시간 늘었다. 사람들은 거기서 만족하지 않았다.

"수면제에 내성이 있을까?"
"사실, 요괴가 하는 일도 없잖아? 매일 저택에 틀어박혀서 거울이나 보고 있고… 좀 더 많이 잔다고 해서 무슨 일이 생기겠어?"
"하루에 다섯 시간만 깨어 있어도 될 것 같은데…"

사람들은 이런 이야기들을 어디서든 마음껏 떠들 수 있었다. 요괴는 정말로 거울 속 자신의 외모에만 관심 있었지, 세상 돌아가는 일에는 전혀 관심이 없었으니까.
요괴에 대한 음해 여론은 결국 수면제 사용으로 발전되었다.

"오오! 벌써 열다섯 시간이 넘었어!"
"진작에 이랬어야지! 세상 사람들이 모두 잘생기고 예쁘니까 얼마나 보기 좋아?"

"그래, 그렇지! 이게 진짜 내 얼굴이지! 좋아 좋아."

요괴가 하루 중 깨어 있는 시간은 겨우 네 시간에 불과했다.

[으으~ 머리야! 나 요즘 컨디션이 왜 이러지? 그런데 어쩜, 아픈 것도 너무 예뻐! 아~ 정말 난 너무 예뻐!]

요괴는 자신에게 벌어지는 일을 전혀, 상상도 못 했다. 다른 것에는 관심도 없었고, 오직 거울 속 자신의 외모에만 신경 썼으니까.

사람들은 그 모습에 안심했고, 점점 수면제 사용을 당연시했다.

이젠 대다수 사람의 인식이 바뀌어 있었다. 모두들 아름다운 자신의 모습이 본모습이고, 요괴가 깨어났을 때의 모습은 일종의 저주받은 모습이라고 생각했다. 그 네 시간을 점점 참을 수 없게 되었다.

"큰일입니다! 요괴가 깨어나질 않습니다!"

수면제의 과다 사용이 결국 문제가 되고 말았다. 사람들은 발을 동동 굴렀다. 이러다 요괴가 죽어버리기라도 하면? 요능이 사라진다면?

당장 최고의 의료진들이 요괴에게 달라붙었지만, 요괴의 신체는 인간과 달라 파악부터가 불가능했다. 관을 통해 영양분을 공급하는 게 고작이었다.

"계속 멀쩡한데?"
"벌써 한 달이야. 그냥 이대로 둬도 안 죽을 것 같은데? 딱히 문제 될 것도 없잖아."
"하긴! 이 요괴는 대소변을 보지도 않잖아? 자기는 너무 예뻐서 그런 게 없다고 했나?"

사람들은 차라리 잘됐다고 생각했다. 요괴가 쓰러진 이후로는 아름다움을 24시간 유지할 수 있었다. 이제는 아예 영양분과 수면 성분을 함께 공급했다. 그리고 다시는 요괴가 깨어나지 않길 바랐다.
혹시 하는 우려와는 달리, 몇 년이 지나도록 요괴에게는 아무 문제도 일어나지 않았다. 문제는 오히려 다른 곳에서 생겼다.

"이게 내 아들이라고? 좀… 그렇다…"
"요즘 아이들은 그냥 뭐, 못생긴 맛에 키우는 거죠."
"어휴. 요즘 아이들은 어쩜 이렇게 못생겼을까?"

요괴의 빛을 받지 못한 채 태어난 아이들이 인류의 눈에 너무나도 못생긴 게 문제였다. 지금의 인류는 극도의 아름다움을 갖췄고, 그 안에서도 미묘한 차이를 들어 미모를 경쟁하고 있었다.

한없이 눈이 높아진 사람들에게는 아이들의 평범한 얼굴조차 너무나 못생기게 보였다. 아예 종족이 다르다고 말하는 사람까지 나올 지경이었다.

아이들이 자라날수록 문제는 커졌다.

"어른들은 모두 예쁜데, 왜 우리만 이렇게 못생겼어요?"

"나도 예쁘고 싶어! 우에엥! 엄마, 아빠처럼 예뻐지고 싶어!"

어른들은 못생긴 아이들을 불쌍하게 여겼다.

"어떻게든 요괴를 깨워봐야 하는 것 아닙니까? 이거 참, 너무 불쌍해서 원."

"그러다가 잘못되기라도 하면 어떡합니까? 몇 년이나 그렇게 재웠던 걸 알아채고 떠나기라도 한다면…"

"외모가 뭐가 중요하겠습니까? 중요한 건 마음이지. 불쌍한 아이들에게 마음이 중요하다는 것을 가르칩시다."

요괴를 깨우자니 껄끄러웠고, 결국 방법이 없다고 생각했다. 이 아이들이 더 자라 세대가 변하면 몰라도, 아직 이 세상은 예쁜 사람들의 세상이었다.

외모에 대한 차별을 자제하자는 분위기만을 만들어가던 그때, 인류에게 뜻깊은 사건이 일어났다.

화성으로 떠났던 유인우주선이 10여 년 만에 지구로 무사히 돌아온 것이었다.

[우리의 영웅들이 지구로 귀환하고 있습니다!]

"와아!"

전 세계인의 환영 속에 영웅들이 우주선에서 내렸다.

그런데 몰려든 환영 인파를 본 우주 비행사들이 깜짝 놀라 비명을 질렀다.

"세, 세상에! 저희가 화성에 갔다 온 사이 지구에 역병이라도 돌았습니까?"

"아니, 여러분의 얼굴이 도대체 왜 이렇게?"

사람들은 어리둥절했다. 지금의 인류는 세상 그 누구보다도 아름다울 텐데 무슨 말일까?

곧, 인류는 소름 끼치는 진실을 마주해야 했다.

"이, 이곳이 지구가 맞습니까? 도대체 인류의 얼굴이 왜 이렇게 됐습니까? 눈은 길게 찢어지고, 하나같이 들창코에 감자처럼 울퉁불퉁한 얼굴에다, 비뚤어진 입하며!"

"…"

사람들은 전혀 생각도 못 했다.

세상에서 가장 예쁜 요괴의 요능은, 사람들의 얼굴을 자신처럼 예쁘게 만들어놓는 것이었다. 동시에, 자신을 닮은 얼굴을 가장 예쁘다고 생각하게 만드는 것이었다.

"그나마 아주 어린아이들은 정상인데… 도대체 지구에 무슨 일이? 어쩜 다들 이렇게 끔찍하게 못생겼을 수가!"

사람들은 할 말을 잃었다. 우리가 못생긴 쪽이라고? 아이들이 못생긴 쪽이 아니라?

그렇다고 해서 아름다움의 판도가 달라지진 않았다. 여전히 사람들의 눈에는 자신들이 가장 예쁘고 멋지고 아름다웠다. 지금 지구의 미의 기준은 분명 자신들이었다.

한번 생각해보긴 했다. 요괴가 나타나기 전의 미의 기준에 대해서.

그 시절의 미의 기준은 도대체가… 지금도 아이들은 자신들만 못생겼다며 울어대는데 말이다.

세상에서 가장 쓸모없는 요괴

"어쭈? 전화를 꺼놨어?"

중년 여인은 전화기까지 꺼놓은 남편이 기가 찼다. 오늘 밤 사장네 문상을 간다던 게 거짓말이었단 걸 알게 된 지금, 그녀는 속이 탔다. 설마…

"이 아무짝에도 쓸모없는 인간이 하다 하다 바람까지 피우는 거야?"

그녀는 생각만으로도 몸에 열이 올랐다. 찬바람이 부는 베란다로 나가서 계속 전화를 걸어보는 그녀.

그때,

[어떻게 해야 쓸모 있게 되는 거야?]

"꺄아악!"

갑자기 그녀의 근처로 하얀 무언가가 나타났다.

[너무 놀라지 마. 해치지 않아. 나는 세상에서 가장 쓸모없는 요괴인걸?]

"므, 뭐, 뭣!"

눈앞에 나타난 비현실적인 존재를 본 그녀는 그 자리에 주저앉아 말을 더듬었다.

허공에 둥둥 떠다니는 그것은 마치 물구나무선 돌고래 같은 모양새였다. 눈, 코, 입은 삼각형 꼬리에 달려 있고, 온몸에는 부드러운 카펫처럼 짧은 털이 하얗게 뒤덮여 있었다.
자신감 없이 축 처진 눈을 가진 요괴는 징징대듯이 말했다.

[난 너무 쓸모가 없어서 요괴 세계에서 추방당했어. 어떻게 하면 쓸모 있게 될까? 응? 알려주지 않을래? 응? 응?]

"으, 으으으!"

[알려줘! 어떻게 하면 쓸모 있게 되는 거야? 응? 응? 어떻게 해야 쓸모가 있지?]

요괴는 집 안까지 따라와서 여인을 계속 괴롭혔는데, 그 덕분에 정신이 혼미해진 그녀는 제정신을 차리는 데 오랜 시간이 걸렸다.

그녀가 파악한 요괴는 공격적이지 않았고, 제법 귀여운 용모를 하고 있었으며, 지겹게도 징징거렸다.

[어떻게 해야 쓸모 있게 될까? 좋은 생각 없어? 응? 나도 정말 쓸모가 있고 싶어! 응? 응?]

그녀는 요괴를 떨구고 싶은 생각에 이렇게 말해버렸다.

"우리 남편이 지금 어디서 뭘 하고 있는지 좀 확인해줄래요? 그런 능력이 있으면 쓸모 있을 것 같아요."

[그런 능력이 있으면 나도 쓸모가 있을까? 음… 내가 할 수 있나? 내게 그런 능력이 있을까…]

요괴는 초조한 몸짓으로 허공을 맴돌며 중얼거렸다.

[남편이 어디 있는지 볼 수 있는 능력… 남편이 어디 있는지 볼 수

있는 능력…]

점점 요괴의 몸이 빛나기 시작했다. 그러다 일순간, 눈이 부실 정도로 번쩍!

“꺅!”

[앗! 아아! 배웠어. 배웠다!]

요괴는 몹시 기뻐했다.

[할 수 있어, 나! 자, 보여줄게!]

요괴의 몸이 부르르 떨리더니 순간, 허공에 화면이 펼쳐졌다.
그 화면은 어느 모텔 방의 침대를 비추고 있었는데, 거기에 여인의 남편과 웬 여자가 누워 있었다.
여인의 눈에 쌍심지가 켜졌다.

“이, 이 개자식이?”

여인의 심정도 모르고, 요괴는 신나서 물었다.

[어때 내 능력이? 쓸모 있지? 응? 나 쓸모 있지?]

그러나 여인의 정신은 이미 나가 있었다. 영상을 향해 마구잡이로 욕설을 내뱉는 여인.

실망한 요괴는 여인의 집을 나서며 중얼거렸다.

[그래도 조금은 쓸모 있게 됐을 거야.]

밤하늘을 날아간 요괴는 불이 켜진 어느 창문 안으로 들어갔다.

그 방에는 고3 학생이 밤을 새워 공부 중이었다.

[어떻게 하면 쓸모 있게 되는 거야?]

"으헉?"

고3 학생은 요괴를 보고 벌벌 떨었다. 그러나 엉뚱하게도 요괴를 보며 물었다.

"요정?"

[뭐? 난 요정이 아니라 요괴야. 세상에서 가장 쓸모없는 요괴.]

"요괴!"

요괴는 학생에게 사정을 설명했다. 방금 여인의 집에서 있었던 일까지.

생각보다 침착했던 학생은, 이야기를 모두 들은 뒤에 말했다.

"내가 수능을 잘 보게 해줄 수 있다면 정말로 쓸모 있을 것 같아."

[그래? 그러면 정말로 쓸모 있다는 거지?]

"그럼! 최고지!"

[그럼 그러고 싶다. 내가 할 수 있을까? 내게 그런 능력이 있나…]

요괴는 초조한 몸짓으로 허공을 맴돌며 중얼거렸다.

[시험을 잘 보게 해주는 능력… 시험을 잘 보게 해주는 능력…]

점점 요괴의 몸이 빛나기 시작했다. 그러다 일순간, 눈이 부실 정도로 번쩍!

"왁?"

[앗! 아아! 배웠어. 배웠다!]

요괴는 몹시 기뻐서 방방 뛰었다.

[좋아! 해줄게!]

요괴의 몸이 곧 부르르 떨리더니 순간, 학생의 눈동자가 주홍색으로 변했다.

"엇?"

[됐어! 그 눈으로 시험을 보면 뭐든지 만점 받을 거야!]

긴가민가하던 학생은 책상 위의 문제집을 한번 훑어보고서, 좀 전의 요괴처럼 온몸을 부들부들 떨었다.

"모든 정답이 보이잖아? 세상에!"

[어때? 나 쓸모 있어? 쓸모 있어?]

희열에 차 있던 학생이 힘차게 고개를 끄덕였다.

"그래! 세상에서 가장 쓸모 있어! 너무 고마워! 진짜 너무너무 쓸모 있어!"

[으아하하하~]

요괴는 대만족하며 학생의 집을 벗어났다.

밤하늘을 맴돌며 기뻐하던 요괴는 어디선가 들려온 고성을 따라 옥탑방으로 향했다.

그곳엔 30대의 남자가 술에 취해 한탄 중이었다.

[힘들어? 내가 도와줄까?]

"뭐야, 이건?"

만취한 남자는 미간을 좁히며 자신이 보고 있는 것을 이해하려 애썼다.

"올빼미야, 뭐야, 이게?"

[난 세상에서 가장 쓸모없는 요괴야! 근데 내가 엄청 쓸모 있게 됐거든? 내가 도와줄까?]

"그래? 네가 뭘 도와줄 수 있는데?"

남자는 한 손으로 얼굴을 쓸어내리며 성의 없이 물었고, 요괴는 신이 나서 대답했다.

[무슨 시험이든 만점을 받게 해줄게!]

자신 있게 외친 요괴는 남자의 반응을 기대했지만, 그는 코웃음을 쳤다.

"시험은 무슨. 이 나이에 무슨 시험을 쳐! 그런 쓸데없는 거 말고 딴 거 없어?"

[뭐어? 쓸모없어?]

요괴는 잠깐 충격을 받은 듯 휘청했다. 그러나, 곧 징징대며 물었다.

[그럼 어떻게 해야 쓸모 있게 될까? 응? 응?]

"아, 복권 일등 당첨 정도는 해줘야 쓸모가 있지."

[복권 일등 당첨? 그러면 내가 쓸모 있게 되는 거야?]

"당연하지! 세상 사람들 누구에게 물어봐도 가장 좋아할 소원일걸?"

요괴는 또 초조한 몸짓으로 허공을 맴돌았다.

[내게 그런 능력이 있을까? 복권 일등 당첨… 복권 일등 당첨… 복권 일등 당첨…]

점점 요괴의 몸이 빛나기 시작했다. 그러다 일순간, 눈이 부실 정도로 번쩍!

"으헉?"

남자는 술이 깰 정도로 놀라 눈을 가렸다.

[배웠어! 배웠다. 아싸, 배웠다!]

요괴는 또 몸을 흔들며 좋아하다가, 남자를 향해 돌아서서 부르르 떨기 시작했다.

[할 수 있어, 나! 보여줄게! 간다!]

요괴가 입에서 숫자 여섯 개를 허공에 뱉어냈다.

"뭐, 뭐야?"

[이제 이 번호로 복권을 사면 무조건 일등에 당첨될 거야!]

"뭐? 그게 정말이냐?"

[그럼! 정말이지! 어때? 이러면 나 쓸모 있지? 응? 쓸모 있지?]

조금 술이 깬 듯한 남자가 꺼림칙하게 숫자를 바라보다 불평했다.

"아직 모르지! 당첨 결과를 봐야 쓸모가 있는지 없는지 알 수 있지!"

[아, 그래? 정말인데…]

요괴는 아쉬워하며 옥탑방을 떠나, 다른 누군가를 찾아갔다.

며칠 뒤. 언론에 믿을 수 없는 이야기가 전해졌다.

[이번 주 로또 일등 당첨자는 무려 50명이 나왔는데요, 그중에 45명이 한 사람인 것으로 밝혀졌습니다! 같은 번호로 로또 45장을 산 남자는 횡설수설하며 요괴니 뭐니 하는 이야기를 떠들고 있습니다. 현재 시스템 해킹이 아니냐는 의혹이…]

이 소동이 단순한 해프닝으로 끝나지 않았던 이유는, 자신도 요괴를 만났다고 주장하는 자들이 속속 등장했기 때문이다.

[집에 있는데 갑자기 요괴가 나타나서 쓸모 있니 뭐니, 무서워서 이불 속에 들어가 꼼짝도 하지 않았어요!]

[아니, 갑자기 나타나서는, 시험을 잘 치게 해준다느니, 우리 남편이 바람피우고 있는지 보게 해준다느니, 복권에 당첨되게 해준다느니… 무슨 외판원처럼 그러더라고요. 쓸모가 있고 싶다나? 무서워서 비명만 질렀죠, 뭐.]

[진짜 요괴였어요! 쓸모가 없어서 요괴 세계에서 쫓겨났다나요? 듣다 보니 불쌍하더라고요! 아무튼, 제가 스포츠카를 주면 정말 쓸모 있을 것 같다고 했거든요? 글쎄, 진짜로 스포츠카를 딱 대령하더라니까요? 집 안에요! 미친, 아직도 밖으로 빼내질 못하고 있어요, 이거!]

요괴의 용모에 대해서도 다들 똑같이 이야기하니, 사람들은 단순 헛소문으로 치부할 수 없게 되었다.

요괴는 점점 유명해졌고, 그 와중에도 누군가의 집을 방문했다.

[인간아! 내가 지금 정말로 쓸모 있는지 모르겠어! 내가 쓸모가 있는지 없는지 좀 봐줄래?]

고급 저택의 서재에서 신문을 보던 노인은, 요괴의 방문에도 그다지 놀라지 않았다.

정치권력 암투의 중심에서 산전수전 다 겪었던 그는 쉽게 놀라는 사람이 아니었다.

"흠. 소문으로 듣던 그 요괴로구나. 정말이었군."

[뭐? 내가 소문까지 났어? 그럼, 내가 쓸모 있다는 걸까? 응? 그럴까?]

노인은 요괴를 찬찬히 살피다가, 여유롭게 고개를 흔들었다.

"아, 그래. 너는 아직 전혀 쓸모가 없지."

[뭐어? 음… 내가 자동차 줄까?]

"들어봐. 그런 것들은 네 도움 없이도 손쉽게 얻을 수 있는 거다. 인간이 쉽게 하지 못하는 걸 해야 사람들이 너를 쓸모 있다고 생각할 거야. 나는 정말로 확실한 것을 하나 알고 있지."

[그게 뭔데? 응? 그게 뭔데?]

"바로 암살이야. 사람은 사람을 죽이지 못하거든. 세상 사람들의 눈과 처벌에 대한 불안감 때문에 사람을 쉽게 죽이지 못해. 하지만 절대 들키지 않고 죽일 수 있다면? 세상에 암살만큼 쓸모 있는 것은 없을 거야."

[세상에서 가장 쓸모 있는 거라고?]

"그래. 확실히."

[으으! 갖고 싶다, 그 능력! 내가 할 수 있을까? 내게 그런 능력이 있을까…]

요괴는 초조한 몸짓으로 허공을 맴돌며 중얼거렸다.

[암살 능력… 암살 능력… 암살 능력…]

점점 요괴의 몸이 빛나기 시작했다. 그러다 일순간, 눈이 부실 정도로 번쩍!

"음!"

[앗! 아아! 배웠다. 배웠어! 만세!]

요괴는 온몸으로 기뻐했다.

[할 수 있어, 나! 자, 보여줄게!]

요괴의 몸이 부르르 떨리더니, 노인의 눈앞에 연기를 만들어 냈다.

[자! 누구를 죽이면 될까? 떠올려봐!]

"오오."

노인은 연기를 향해 손을 뻗으며 정적을 상상했다. 그러자 연기는 한 유력 정치인의 얼굴로 변했다.

[그 인간이야? 좋아!]

정치인이 갑자기 목을 부여잡고 괴로워하더니, 부들부들 떨다가 고개를 떨구었다.

"죽은 거냐?"

[응! 어때? 쓸모 있었어?]

노인은 환하게 웃으며 기꺼이 요괴를 칭찬했다.

"너는 정말 세상에서 가장 쓸모 있는 요괴구나!"

[뭐? 정말? 응, 정말?]

"그래! 너는 정말 세상에서 가장 쓸모 있는 요괴다!"

[으아아~]

요괴는 몹시 기뻐하며 방 안을 왔다 갔다 했다.

[그 말이 듣고 싶었어! 나도 이제 쓸모 있는 거야!]

요괴는 노인의 서재를 떠나 밤하늘을 신나게 유영했다.

그리고 모든 인간을 향해 외쳤다.

[인간들아, 고마워! 덕분에 나도 쓸모 있는 요괴가 됐어!]

갑자기 들려오는 목소리에 놀란 사람들이 밤하늘을 올려다보았다. 그러자 모두에게 요괴의 모습이 보였다.

그것이 세상을 떠들썩하게 했던 요괴라는 것을 깨닫자, 사람들은 깜짝 놀랐다.

"세상에! 진짜 요괴잖아?"

"뭐야, 그럼 로또도, 스포츠카도 다 진짜였단 말이야?"

세상에서 가장 쓸모없던 요괴는 룰루랄라 하늘을 유영하며 자신 있게 외쳤다.

[나는 더 이상 쓸모없는 요괴가 아니야! 이렇게 쓸모 있게 되었으니까 다시 요괴 세계로 돌아갈 수 있을 거야! 고마워, 인간들아! 다 너희들 덕분이야! 고마워! 이제 난 돌아갈게!]

요괴가 다시 돌아간다는 소식은 몇몇 이들을 안타깝게 했다. 소문으로만 듣던 요괴의 쓸모는 얼마나 대단했던가? 집을 지어주질 않나, 성형을 시켜주질 않나, 무조건 임신에 성공하게 해주질 않나, 강제로 사랑에 빠지게 해주질 않나…

"아, 안 돼! 요괴야! 나한테 와줘! 내 키를 크게 만들어준다면 넌 더 쓸모 있게 될 거야!"

"청춘을 돌려주는 능력이 너에게 있다면, 그거야말로 세상에서 가장 쓸모 있는 능력일 거야!"

사람들이 뭐라 외치든 말든, 요괴는 부르르 떨더니 허공에 차원의 문을 열었다.

사람들은 안타까운 탄식을 내뱉었는데, 마지막 순간, 떠나기 직전에 요괴가 말했다.

[정말 고마웠어! 그 보답으로, 너희들도 나처럼 쓸모 있게 해줄게! 쓸모 있는 인간들아!]

"응?"
"어?"

요괴의 몸이 새하얗게 번쩍 빛나더니, 곧 모든 인간들의 몸이 번쩍 빛났다.

"…"

[잘 있어! 안녕!]

요괴가 사라지고 난 뒤, 한동안 긴 침묵이 이어졌다. 인간들은 자각했던 것이다. 자신들에게 새로 생긴 쓸모를.

수십만 명의 로또 1등 당첨자가 나왔다. 모든 학생이 수능 시험 만점을 받았다. 공무원 시험, 자격증 시험 모두가 다 만점이었다.
모두가 배우자의 불륜을 감시할 수 있었고, 모두가 스포츠카를 만들어낼 수 있었고, 모두가 마음대로 성형할 수 있었고, 모두가 아무나 연인이 될 수 있었고, 모두가 아무도 모르게…

할머니를 어디로 보내야 하는가

띵동.

전광판의 대기 번호가 5654번으로 바뀌고, 할머니는 손에 든 번호표를 확인해본다. 아직 아니다. 너무 늦게 왔다.

상담 창구 너머, 하얀 제복 차림의 직원들이 바쁘게 움직이고 있다.

소리를 지르는 고객을 응대하기도 하고, 울어대는 고객을 응대하기도 하고, 떼를 쓰는 고객을 응대하기도 한다. 직원들은 바쁘고, 지쳐 보인다.

띵동.

번호가 바뀌는 소리에, 할머니는 자신의 차례인가 싶어 고개를 들었다.

전광판에는 번호 대신 글자가 쓰여 있었다.

[마감]

"아!"

할머니는 상체를 조금 일으켰다. 안 되는데. 지금 꼭 가야 하는데.

직원들이 창구의 불을 끄며 정리를 시작했다. 고객들도 하나 둘, 건물 밖으로 나갔다.

할머니는 자리에 앉아 안절부절못하며 직원들을 쳐다보았다.

할머니를 발견한 젊은 여직원이, 가까이 다가와 말을 걸었다.

"오늘은 마감했고요. 내일 오셔야겠는데요."

"아, 안 되는데… 오늘 꼭 가야 하는데! 아가씨, 어떻게 안 될까? 응?"

여직원의 손을 덥석 잡고 올려다보는 할머니. 난처해진 여직원은 뒤돌아 마감 정리 중인 직원들을 보았다.

지친 얼굴의 직원들은 고개를 흔들고, 손을 내젓고, 시계를 가리켰다. 여직원은 다시 죄송하다는 얼굴로 할머니에게 말했다.

"저기, 오늘은 안 되시고요. 내일…"
"아가씨, 제발 부탁해요! 꼭 오늘 가야 해요!"

간절한 할머니의 모습에 한숨을 내쉰 여직원은, 뒤돌아 직원들의 눈치를 보다가, 결국 고개를 끄덕거렸다.

"알겠어요. 이리로 오세요…"

한 창구로 가 다시 불을 켜고 앉는 여직원. 할머니는 연신 고맙다고 인사하며 창구 앞에 앉았다.
직원들은 단박에 인상을 찌푸렸다. 그녀의 독단적인 행동 때문에 퇴근 시간이 늦어지는 것이 너무나 못마땅했다. 이곳의 직원들은 모두가 동시에 올라가야만 했던 것이다.

자리에 앉은 여직원은, 일을 빠르게 처리하기 위해 곧장 할머니의 문의 사항을 넘겨짚었다.

"혹시 젊음 관련 문의인가요?"
"아니, 그게 아니고요."
"그럼요?"

이어지는 할머니의 말에 여직원의 표정이 멍해졌다.

"지옥으로 가고 싶어요…"

"네?"

여직원의 머리 위에서 엔젤 링이 촛불처럼 흔들렸다.

⋮

천국 출입국 사무소의 여직원은, 할머니의 인생 기록을 보며 중얼거렸다.

"이름 김덕순. 63세 사망. 평생 남에게 피해를 주지 않으려 노력하시고, 남의 가슴에 상처 주는 말도 한 적 없으시고, 좋은 일도 많이 하시고… 아니, 이거는 무조건 천국이신데? 그것도 요즘은 드문, 1등급으로 최우선 대상이신데?"

여직원은 인상을 찌푸렸다. 도저히 이해할 수 없었다.

"아니 왜, 도대체 왜 지옥을 가시려고요? 3일 동안 천국 구경한 번도 안 해보셨어요?"

할머니는 눈시울이 붉어져 말했다.

"죽고 나서야 알았어요. 천국이 있고, 지옥이 있고… 근데 내 딸이… 내 딸이 자살을 했어요."

"네?"

"자살한 사람은 지옥에 간다면서요? 그게 벌써 몇십 년 전이에요. 내가 가야 돼요. 내가 얼른 가서, 내 딸 옆에 있어줘야 돼요. 지옥에 있는 불쌍한 내 딸 옆에 함께 있어줘야 돼요…"

"…"

여직원은 할 말을 잃었다. 아직 신입이었던 여직원은, 이럴 때 어떡해야 하는지 교육받은 적이 없었다.

"무슨 일이야?"

시간이 지체되는 것을 참지 못한 남자 선배가 다가왔다. 약간은 짜증스러운 말투였고, 여직원은 당황했다.

"아, 그게요… 이분이 지옥에 가고 싶다고 하셔서…"

"뭐? 지옥을?"

마찬가지로 황당한 얼굴의 선배. 여직원이 상황을 설명해주자, 얼굴이 굳어 옆에 놓인 할머니의 인생 기록을 집어 들었다.

그사이 여직원은 할머니를 설득했다.

"할머니! 그래도 지옥에 가시는 건 안 돼요. 시스템적으로도 어려운 일이고요."

"저승사자가 그랬어요. 죽고 나서 3일 안에는 갈 수 있다고요. 오늘이 마지막 3일째예요. 난 꼭 가야 해요, 아가씨."

"아, 그 미친 양반이!"

여직원은 짜증 난 얼굴로 누군가를 원망했다.

그사이 할머니의 인생 기록을 읽던 선배는 옆에서 '쯧쯧', '허허', '아이고!', '어휴…' 등 온갖 추임새를 넣으며 안타까워했다.

"거참! 할머니 인생이…"

"?"

여직원이 고개를 돌려 쳐다보자, 씁쓸한 얼굴의 선배가 말했다.

"어릴 때 사고로 부모님 다 돌아가시고… 사촌 집에서 눈칫밥 먹으며 식모처럼 사시다가… 쯧. 어린 나이에 파렴치한 사촌에게 몹쓸 짓을 당하셨네."

"아…"

"18살에 집에서 도망 나왔는데, 갈 곳이 없어서 길에서 주무셨네. 며칠을 굶으면서 쓰레기통도 뒤지시고… 어휴! 그러다가 겨우 식당에서 일자리를 구해 먹고 자고 했는데… 아이고, 도둑으로 몰려서 몰매 맞고 쫓겨나시고… 길을 전전하다가 이번에는 공장 일자리를 구해 일했는데 사고로 손가락 하나를 잃어서 쫓겨나시고…"

"세상에!"

"그래도 어떻게 미용실에 보조로 취직해서 적은 돈이나마 꾸준히 저축했는데… 같은 방 쓰던 언니한테 전 재산 사기를 당하셨네, 또?"

"이런!"

"죽을까 생각했지만, 사랑하는 사람이 생겨 결혼도 하고, 인제 인생이 좀 피나 했더니! 쯧, 30살에 남편분이 먼저 돌아가셨네! 혼자서 어린 딸자식 키우려고 험한 일 궂은 일, 고생이란 고생은 다 하셨는데… 글쎄 그 딸도 18살에 자살을 해버렸으니! 죽지 못해 살다가, 아무도 없는 골방에서 혼자 외롭게 죽으셨구나… 아이고! 평생을 가난 속에서 허덕이다 오셨어! 용하다, 용해! 그런 환경에서도 이렇게 착하게 살아서 1등급이 나오시다니…"

안타까운 마음에, 두 직원이 이맛살을 찌푸렸다. 남자의 말이 끝나자, 그동안 가만히 듣고 있던 할머니가 고개를 끄덕이며 조용히 부탁했다.

"예. 제가 가난해서… 배운 것 없는 이 어미가 너무 가난해서,

우리 딸 하고 싶은 거 아무것도 못 하고 죽게 만들었어요. 뭐 하나 해준 게 없어요. 그러니까 가야 해요. 내가 내 불쌍한 딸 옆에 있어줘야 해요. 네? 도와주세요."

애원하는 할머니의 모습에 둘은 난감해졌다.

"에휴, 할머니! 살면서 그렇게 고생만 하셨으면, 죽어서는 편하게 사셔야죠. 지옥이 얼마나 힘든 곳인데요!"

"내 딸이 지금 지옥에 있는데 내가 어떻게 편하게 살아요. 안 돼요, 안 돼. 내 딸 옆에 내가 있어줘야 해요."

도리질하며 눈물을 흘리는 할머니. 두 직원은 안타까웠다. 할머니의 인생은 분명, 천국에서 충분한 보상을 받아야 할 인생이었다.

"아, 이거 진짜 답답하네… 여기 좀 와봐!"

선배는 손짓으로 다른 직원을 불렀다. 그러자 안경을 쓴 남자 직원이 짜증을 내며 다가왔다.

"아~ 정말, 뭐 하는 거야? 퇴근 안 할 거야? 뭔데 그래?"

"이거 어떡하지? 지옥으로 보내달라시는데?"

"뭐야? 지옥?"

역시, 황당한 얼굴이 되었다. 곧, 사정을 모두 전해 들은 안경도 안타까운 얼굴로 말했다.

"아이고, 할머니 인생이 참."

고민하다가, 안경이 말했다.

"보내드리자."
"뭐?"
"그렇게 따님 옆에 가고 싶으시다는데, 어쩔 수 없잖아? 지옥에 보내드리자."
"뭐야? 너 미쳤어? 거기가 어떤 곳인데 할머니를 보내!"

둘의 의견이 대립하자, 중간에 낀 여직원은 난처해졌다. 여직원은 둘의 대화에 끼지 않고, 그냥 할머니 손을 잡고서 겸연쩍이 웃으며 고개를 끄덕거렸다.
그러나 둘의 목소리가 점점 커졌다.

"할머니 인생 기록 못 봤어? 평생 불행했는데, 죽어서라도 천국에 가셔야지!"
"할머니 본인이 지옥에 가고 싶으시다잖아! 딸이 지옥에 있는데 천국에서 맘이 편하시겠어?"
"안 돼! 거기가 얼마나 고통스러운데! 이 할머니는 더 이상 고통을 겪으시면 안 돼!"

둘의 커진 목소리에, 뒤에서 퇴근을 기다리고 있던 다른 직원들도 다가오기 시작했다.

"뭔데? 뭔데 그러는 거야?"

"거, 퇴근 좀 하자! 오늘 하루 종일 진상 고객 때문에 얼마나 고생했는데 진짜!"

"너희 왜 그러는데? 하여간에, 거기 신입! 마감 후엔 절대 고객 받지 말랬지?"

직원들이 짜증을 내며 다가오자, 선배와 안경이 설명했다.

"아니, 들어봐! 얘가 하는 말이…"

직원들은 사정을 듣고, 할머니의 인생 기록을 서로 돌려보며 안타까운 탄성을 내질렀다. 지옥일지라도 불쌍한 내 딸 옆에 있어주고 싶다는 할머니의 마음은 그들을 먹먹하게 만들었다.

"야. 내가 보기에도… 그냥 지옥에 보내드리는 게 맞는 것 같은데?"

"무슨 소리야? 천국에 가셔야지!"

다른 직원들도 두 패로 나뉘어 말다툼을 했다.

"야야! 모르면 가만히 있어! 딸을 그렇게 사랑하시는데, 지옥에 딸을 두고 천국에 가면 매일을 눈물로 사셔야 할걸?"

"너 지옥이 어딘지 몰라? 유황불 근처도 안 가봤으면 말을 마, 인마! 그런 데다 어떻게 할머니를 보내?"

"그런 데에서 딸이 고생하고 있으니까 마음이 불편하신 거지!"

"야, 이! 평생 지옥 같은 삶을 살았는데, 죽어서도 지옥에 떨어지라고? 그건 지옥에 있는 딸도 원치 않는 일이야!"

"네가 어떻게 알아, 그걸?"

직원들은 서로의 의견을 내세우며 열을 올렸고, 신입 여직원만이 할머니의 손을 잡고 미안한 미소를 지었다. 그때, 할머니가 눈물을 흘리며 그들을 향해 말했다.

"미안해요. 나 때문에… 여러분이 이렇게 싸우시고…"

직원들은 모두 화들짝 놀라 손을 내저었다.

"아니에요! 미안하긴요!"

"아이, 괜찮아요. 할머니! 저희 싸우는 거 아녜요! 괜찮아요."

미소를 지으며 할머니를 보다가, 돌아서서는 다시 목소리를 높이는 그들.

"그러니까 할머니는 천국에 가셔야 한다고! 이젠 제발 행복하셔야 해!"
"답답하네! 딸 옆에 가고 싶으시다잖아! 원하시는 걸 해드려야지!"
"지옥에선 서로 고통스러울 뿐이라니까!"

답이 나오지 않았다. 천국파, 지옥파 모두 주장에 명분이 있었다.
그때, 천국파 쪽에서 누군가가 할머니를 향해 소리쳤다.

"아! 할머니! 남편분 보고 싶지 않으세요? 돌아가신 남편분이요!"
"우리 남편?"

할머니의 얼굴이 멍해졌다. 그는 할머니의 인생 기록을 집어 들고는, 얼른 한 사람의 인생 기록을 소환했다.

"천국에 계시네! 이분, 지금 천국에 계세요, 할머니! 천국에 가면 남편분과 만날 수 있으세요!"
"아아…"

할머니의 눈시울이 다시 뜨겁게 붉어졌다.

"맞아요. 맞아요. 내가 우리 남편이랑 다시 만날 수만 있다면, 꼭 듣고 싶은 말이 있었어요. 내가, 우리 딸 열심히 키웠다고. 당신 없이도 열심히 키웠으니까, 잘했다고 말해달라고. 고맙다고 말해달라고. 미안하다고 말해달라고. 우리 남편한테 그 말 꼭 듣고 싶었어요. 내가 나중에 죽으면 그 말 꼭 듣고 싶었어요."

"…"

직원들의 가슴이 먹먹해졌다. 할머니는 꺽꺽거리는 목을 가다듬고, 다시 말을 이었다.

"근데 내가 미안해요. 내가 잘못해서 우리 딸 죽었어요. 내가 미안해요. 내가 잘못했어요. 어떡해요? 우린 남편 얼굴을 어떻게 봐요…"

"아, 아니에요! 그건 할머니 잘못이 아닌데, 아 진짜!"

서럽게 우는 할머니의 모습에 직원들은 안절부절못했다. 괜한 말을 꺼낸 직원을 타박하기도 했다.

답답했다. 할머니를 지옥에 보내는 것도 죄송하고, 천국에 보내는 것도 죄송했다.

"아, 그 딸은 왜 자살을 해가지고!"

"야야! 쉿!"

직원들은 그 딸이 너무 원망스러웠다. 지옥에 있을 딸을 생각하다 문득, 한 직원이 말했다.

"일단 지옥에 연락해서 물어봐야 하는 거 아니야? 할머니가 지옥에 내려갔을 때 딸이랑 함께 있을 수 있는지 말이야! 애초에 그게 안 되면, 이런 고민할 필요 없이, 그냥 천국에 계시는 게 낫잖아."
"음…"

그의 말은 옳았고, 직원들은 지옥 행정부로 정말 오랜만에 연락을 넣었다.

[여보세요?]

"지옥이죠? 천국인데요."

[잉?]

여차여차 사정을 설명한 직원들은, 할머니의 인생 기록을 지옥으로 보냈다.
그러자 그쪽에서도,

[야! 오시라고 해! 우리가 그 정도는 해드릴 수 있잖아?]

[무슨 소리야? 인생 기록 안 봤어? 그분은 천국에 있어야지! 이런 지옥에 왜 와?]

[까짓 편의 좀 봐드리면 되잖아!]

[지옥에 편의가 어딨어, 이 병신이?]

[뭐, 인마?]

똑같은 싸움이 벌어졌다.

"…"

직원들은 황당한 기색을 감출 수 없었다. 지옥에서는 오히려 그들을 향해 소리쳐댔다.

[절대 지옥에 보내지 마십쇼! 예? 천국에서 편안하게 지내게 두시라고!]

[무슨 소리! 보내쇼! 보내면 내가 딸 옆에 보내드릴 테니까!]

[딸 옆이 유황불인데 뭘 보내, 이 새끼야!]

[이 새끼가, 엄마 마음이 그런 게 아니야! 네가 엄마 마음을 알아, 이 새끼야?]

"…"

오히려 문제가 더 복잡해졌다. 여기서 보내겠다고 해도 거기서 반대할 상황까지 생각해야 했다. 정말 답답했다.

도대체, 할머니를 지옥으로 보내야 하는가? 아니면 천국에 보내야 하는가?

그때, 계속 할머니의 양손을 잡고 있던 처음의 신입 여직원이 조심스럽게 입을 열었다.

"저기 그러면 혹시… 환생하시면 어떨까요?"
"환생?"
"환생해서 다시 엄마와 딸로 사는 건 어떠세요, 할머니?"

직원들의 눈이 끔뻑끔뻑했다. 환생이라고? 급히 할머니의 얼굴을 살피는 직원들.
할머니는 감격에 눈물이 차올라, 여직원에게 물었다.

"그게 가능한가요? 가능해요? 정말 가능해요? 다시 제가 우리 딸 엄마가 될 수 있는 거예요?"

그 말을 듣는 순간, 직원들이 얼른 나섰다.

"가능하죠! 얼마든지요! 환생 되지? 어? 1등급이시니까 환생

옵션 있잖아!"

"자, 잠깐만! 천국에서 환생은 죽은 날 바로 결정해야 하잖아! 할머니는 3일째인데, 안 되지 않아?"

"아냐! 아직 천국에 안 가셨으니까, 3일까지는 가능할걸? 전에 저승사자한테 그렇게 들었던 것 같은데! 한번 알아봐!"

"근데, 지옥에 있는 딸은 어쩌지? 지옥에서는 선택해서 환생하는 게 불가능하잖아?"

"부모가 쌓은 덕으로 어떻게 안 돼? 한번 알아봐! 빨리!"

지옥 행정부에다가도 다시 연락을 넣는 등, 직원들은 바쁘게 움직였다.

"혹시, 그 따님분이 죗값을 치를 날이 얼마나 남았나요? 또 인간으로 선택 환생이 가능한가요?"

[잠깐, 잠시만요! 야, 안 되지 않나? 멀었잖아!]

[자살인데 당연히 아직 멀었지!]

[같은 자살이라도 타인이 끼친 영향에 따라 좀 다르잖아! 한번 좀 뒤져봐!]

천국, 지옥 할 것 없이 모든 직원들이 바쁘게 움직였다. 할머니는 그 모습이 미안한 듯, 연신 자기 탓을 했다.

“아이고… 아이고… 나 때문에… 괜히…”
“괜찮아요. 괜찮아요, 할머니.”

여직원이 할머니의 두 손을 어루만지며, 살포시 미소를 지었다.

“된다! 돼! 1등급이시라서, 지금 당장 선택 환생이 가능해! 딸만 가능하면, 다시 같은 가족으로 환생하실 수 있어!”
“그래? 지옥은?”

[잠시만요! 야! 돼, 안 돼?]
[어디 보자… 될 것도 같고 아닐 것도 같고… 그러니까…]

직원들은 침을 꿀꺽 삼키며 지옥의 대답을 기다렸다.

[음… 꼭 첫째 딸일 필요는 없죠?]

“예?”

[죗값을 치를 시간이 좀 모자라는데, 할머니께서 이번에 환생하시고, 한 40년 뒤에 가능하거든요? 그때 늦둥이를 보시는 거로 하면 어떻게 가능할 것도 같은데…]

"아! 할머니, 늦둥이도 괜찮으세요?"

할머니는 연신 눈물을 흘리며 고개를 끄덕거렸다.

"내 딸이랑 다시 만날 수만 있다면, 아무래도 좋아요. 다시 평생을 고생해야 한다고 해도 좋아요. 정말 고맙습니다. 미안합니다. 고맙습니다."

할머니는 처음으로 환하게 웃었다. 고맙다며 계속 고개를 숙여 인사했다. 지옥 너머에도 고맙다며 인사했다.

직원들은 괜히 가슴이 뻐근해져, 슬며시 미소를 지었다.

곧, 여직원이 할머니의 인생 기록에 도장을 찍었다.

"그럼 환생할게요, 할머니."

할머니의 몸이 빛에 휩싸였고, 할머니는 마지막까지 고맙다며 고개 숙여 인사했다.

할머니가 사라지고 난 뒤.

"…"

여직원 뒤에 선 직원들은 곧장 퇴근하지 않았다.

“야! 축복 걸어! 축복 걸어!”

“빨리 행복 옵션 다 넣어!”

“재물! 건강! 인연! 미모! 축복들 하나씩 다 걸라고! 빨리!”

직원들은 분주하게, 할머니의 새로운 인생 기록에 저마다 축복을 걸어대기 시작했다. 당황한 여직원이 조심스럽게 물었다.

“이, 이거 불법 아니에요?”

“알 게 뭐야? 어차피 근무시간 외의 일인데 누가 알겠어? 너도 빨리 하나 걸어, 인마!”

여직원은 환하게 함박웃음을 지었다.

“예! 그럼 저는…”

세상에서 가장 약한 요괴

2017년 12월 27일 1판 1쇄 발행
2025년 1월 15일 1판 23쇄 발행

지은이 김동식
펴낸이 한기호
편 집 김민섭, 오효영, 문아람
경영지원 국순근
펴낸곳 요다
출판등록 2017년 9월 5일 제2017-000238호
주소 121-839 서울시 마포구 서교동 484-1 삼성빌딩 A동 2층
전화 02-336-5675 팩스 02-337-5347
이메일 kpm@kpm21.co.kr

ISBN 979-11-962226-3-5 04810
979-11-962226-1-1 04810 (세트)

· 요다는 한국출판마케팅연구소의 임프린트입니다.
· 책값은 뒤표지에 있습니다.